WEI YUEDU

微阅读
1+1工程

1+1 GONGCHENG 第八辑

我在春天等你

王春丽

百花洲文艺出版社
BAIHUAZHOU LITERATURE AND ART PRESS

图书在版编目（CIP）数据

我在春天等你 / 王春丽著 . —南昌：百花洲文艺
出版社，2014.9（2018.12 重印）
　（微阅读 1 + 1 工程）
　ISBN 978 - 7 - 5500 - 1034 - 5

　Ⅰ.①我… Ⅱ.①王… Ⅲ.①小小说—小说集—中国
—当代 Ⅳ.①I247.8

　中国版本图书馆 CIP 数据核字（2014）第 181437 号

我在春天等你

王春丽　著

出　版　人：姚雪雪
组稿编辑：陈永林
责任编辑：陈永林　钟莉君
出　　　版：百花洲文艺出版社
发行单位：全国新华书店
印　　　刷：龙口市新华林文化发展有限公司
开　　　本：700mm×960mm　1/16
印　　　张：12
版　　　次：2015 年 3 月第 1 版
印　　　次：2018 年 12 月第 3 次印刷
字　　　数：128 千字
书　　　号：ISBN 978 - 7 - 5500 - 1034 - 5
定　　　价：29.80 元

赣版权登字：05 - 2015 - 41

邮购联系：0791 - 86895108
网址:http://www.bhzwy.com
图书若有印装错误，影响阅读，可向承印厂联系调换。

前　言

　　以"极短的篇幅包容极大的思想"，才能够以小胜大，经过读者的阅读，碰撞出思想的火花，震撼人的心灵。正因为这样，微型小说成为一种充满了幽默智慧、充满了空灵巧妙的独特文体。

　　如果说在二十一世纪的头一个十年，是互联网大大改变了我们的生活，那么在我们正在经历的第二个十年里，手机将更为巨大地改变我们的生活。如今，以智能手机为平台，正在构成一个巨大的阅读平台。一种新的阅读方式正不知不觉地走进大众的生活。一个新的名词就此产生，它便是"微阅读"。微阅读，是一种借短消息、网络和短文体生存的阅读方式。微阅读是阅读领域的快餐，口袋书、手机报、微博，都代表微阅读。等车时，习惯拿出手机看新闻；走路时，喜欢戴上耳机"听"小说；陪人逛街，看电子书打发等待的时间。如果有这些行为，那说明你已在不知不觉中成为"微阅读"的忠实执行者了。让我们对微型小说前景充满信心和期待的是，微型小说在微阅读的浪潮中担当着极为重要的"源头活水"。

　　肩负着繁荣中国微型小说创作、促进这一文体进一步健康发展的责任和使命，微型小说选刊杂志社推出了"微阅读1+1工程"系列丛书。这套书由一百个当代中国微型小说作家的个人自选集组成，是微型小说选刊杂志社的一项以"打造文体，推出作家，奉献精品"为目的的微型小说重点工程。相信这套书的出版，对于促进微型小说文体的进一步推广和传播，对于激励微型小说作家的创作热情，对于微型小说这一文体与新媒体的进一步结合，将有着极为重要的作用和意义。

编者

2014 年 9 月

目　录

一只铃铛，一朵花 …………………………………… 1

阿月 …………………………………………………… 4

窗景 …………………………………………………… 7

月亮湾的凤仙花 ……………………………………… 10

云端上的女子 ………………………………………… 13

老拐进城打工 ………………………………………… 16

可乐不可乐 …………………………………………… 19

生锈的农具 …………………………………………… 22

黑匣子 ………………………………………………… 25

滴水之恩 ……………………………………………… 29

我的头发是短发 ……………………………………… 32

冬青树 ………………………………………………… 35

车之恋 ………………………………………………… 38

年三十的私房菜 ……………………………………… 41

追风少年 ……………………………………………… 44

一只拖鞋 ……………………………………………… 47

三月的烟花 …………………………………………… 50

你到底爱不爱我 …………………………………… 53

一杯温水 …………………………………………… 56

小小剪刀剪啊剪 …………………………………… 59

良玉桥 ……………………………………………… 62

我在春天等你 ……………………………………… 65

我是你爹 …………………………………………… 68

大哥 ………………………………………………… 71

与猪有关的故事 …………………………………… 74

通往年的路 ………………………………………… 77

当归酒 ……………………………………………… 80

1000 只乌篷船 …………………………………… 83

无路可逃 …………………………………………… 86

男子汉大丈夫 ……………………………………… 89

莲花开了，春花谢了 ……………………………… 92

凤栖梧桐 …………………………………………… 95

奶奶的爱情 ………………………………………… 97

墙角的抹布 ………………………………………… 100

玫瑰甘露 …………………………………………… 104

绿帽子 ……………………………………………… 107

芬芳留守 …………………………………………… 110

裂 …………………………………………………… 113

影子在门外 ………………………………………… 116

婚誓 ………………………………………………… 119

后来 …………………………………… 122

谷草出嫁 ……………………………… 125

给乌鸦美白 …………………………… 128

一缕炊烟 ……………………………… 131

放牛的女孩 …………………………… 134

等你长大了 …………………………… 137

此情可待 ……………………………… 140

爸爸的爸爸是爷爷 …………………… 143

爱情在流浪 …………………………… 146

天堂伞 ………………………………… 149

一张 50 万元的转账单 ……………… 152

卖童年 ………………………………… 156

站着长大 ……………………………… 159

青梅酒 ………………………………… 162

青梅酸酸 ……………………………… 166

性格决定命运 ………………………… 169

泊岸 …………………………………… 172

不要说谢 ……………………………… 175

一只玉镯 ……………………………… 178

傻女核桃 ……………………………… 181

 # 一只铃铛，一朵花

她不叫花儿。她叫草儿。可是她却像一朵花，无处不在地盛开在潭村的角角落落。

于是，潭村人不叫她草儿，都叫她花儿。至于是什么花，潭村人说不好。

报春花是她、水仙花是她、桃花是她、莲花是她、苦丁花是她、海棠花是她、梅花是她、稻花是她……只要是花，就都是她。

这话么，不是潭村人说的，是铃铛叔说的，铃铛叔长得魁梧似打虎英雄武松，性情却像极了多情的贾宝玉。

她这朵花，谁都想采，谁也采不到。铃铛叔也想采，铃铛叔是疯狂地想采，又疯狂地不敢去采。铃铛叔曾看着各种花，喃喃自语地说，我铃铛活在这个世上，仿佛只为采她这朵花。

潭村人笑铃铛叔说话轻浮，只有我深信铃铛说这话时的深情。

因为，我发现了铃铛叔的秘密。

春天的时候，铃铛叔在桃花林里，看着满山盛开的桃花想草儿，恨不得自己是那吻花的蜜蜂；夏天的时候，铃铛叔荡舟潭河，看着满河盛开的莲花想草儿，恨不得自己是吻莲的蜻蜓；秋天的时候，铃铛叔坐在窗着，看着秋雨里盛开的美人蕉想草儿，恨不得自己是吻花的秋雨；冬天的时候，铃铛叔爬滚在雪山，看着满山盛开的梅花想草儿，恨不得自己是那吻梅的雪花……铃铛叔甚至看到雪花，都会想她，会情不自禁地伸出手，让雪花落到他的手掌里，看到雪花被他的手掌暖化了，他就把嘴巴凑上去，把化成水的雪花吸进肚子里。

铃铛叔喜欢草儿这朵花，又不敢采，只会暗自用思念折磨自己。

很是不明白大人的情感，如此复杂，哪像我们小孩子，喜欢什么就跟大人要，得不到就哭、就闹，总会有办法得到的。我如是说于铃铛叔听，铃铛叔看着我，从喉咙里发出一串铃铛般的笑声，摸着我的头说，臭小子，娶媳妇哪有你说得这么简单，尤其是娶草儿这朵花，铃铛叔要是没有春风的温柔，没有夏阳的炽热，没有秋月的凉爽，没有寒冬的毅力，草儿这朵花到了叔的手里，也会凋谢的。

铃铛叔就是这么神经，我搞不懂他说的什么。不过后来，我还是搞懂了，原来铃铛叔所说的春风的温柔、夏阳的炽热、秋月的凉爽、寒冬的毅力是草儿她娘提出的三万元彩礼。三万元，把潭村所有的牲口卖了，看能有不？

潭村人谁也拿不出三万来浇灌草儿这朵花，但是并不影响草儿娘从四面八方，网来蝴蝶或是蜜蜂来采花。外面涌来采花的蝴蝶、蜜蜂越多，草儿娘要的三万彩礼钱，也扶摇直上到五万、八万……

那时候，我听村里的婶娘们说得最多的一句就是，草儿娘真有福气，生出一个花朵似的女儿，价钱自然上得去。婶娘们吊着嘴角，咯咯笑着，怎么听怎么不像是夸奖人的好话。婶娘们笑完了，免不得拿铃铛叔开开玩笑，铃铛啊，八万啊，你摇摇你的破铃铛看能摇出八万来不，哈哈哈。

铃铛叔不恼，铃铛叔笑着回婶娘们话，嫂嫂们莫笑，不怕草儿娘涨价，草儿娘价码涨得越高越好。

婶娘们说，三万，你铃铛都掏不出来，八万你铃铛掏得出来？

铃铛叔叔嘿嘿笑着走开了，因为他发现，不怕草儿娘招来采花的蝴蝶、蜜蜂有多少，个个都是美滋滋地来，愁眉苦脸地走。铃铛叔看出来了，草儿娘要的彩礼钱越多，草儿这朵花就越没人摘得走。花无百日红，铃铛叔是真心爱草儿，所以草儿是花、是草，铃铛叔都不在乎，只要能得到草儿，铃铛叔出不起钱，但是等得起。

然而铃铛叔的如意算盘被一个老头打破了。

老头六十多岁，是城里来的，据说是什么大老板，老头看上草儿了，要娶草儿续弦。老头嫌草儿娘要的八万彩礼钱太少，直接给了草儿娘六个八万，说是六六顺，八八发。草儿娘掰着手指头、脚指头一算，"哐"晕过去了。醒来后，笑得嘴合不拢地张罗潭村人来喝送亲酒，她要摘花送人啦。

草儿要出嫁了，铃铛叔听了两眼一黑，差点晕过去，他的草儿，要枯萎了，他的花儿，要凋谢了。那个老头，铃铛叔见过，在村口，坐在一个黑色的铁壳子里，一张老脸像沙皮狗，光秃秃的大脑袋像只秃瓢。若是说草儿鲜花插牛粪上，那这坨牛粪也太干了，干得连一根草都滋润不了，莫说草儿这朵花了。

草儿出嫁那晚，铃铛叔悄悄摸到草儿窗前，敲开草儿的窗子。草儿一身红衣，看着铃铛叔泪眼汪汪，天上的圆月照出了铃铛叔脸上诉说不尽的苦楚。

第二天，正式来摘草儿这朵花的迎亲队伍吹吹打打地来了。草儿娘推开草儿的房门，掀起草儿的被子，没有草儿，只一只挂在牛脖子上的铜铃铛。草儿娘拿起铜铃铛，一屁股坐在地上，哭天抹泪地号起来，我的草儿啊，我的花儿，唉哟，千刀万剐的死铃铛啊，外贼好防，家贼难防啊……

铃铛叔和草儿在潭村消失了，这一消失就是二十年。今年清明节，母亲叫我回乡上祖坟，意外地看见铃铛叔和草儿跪在草儿娘墓前，在他们的身后还跪着四个大铃铛，三个小铃铛，口口声声地叫着外婆、外祖母保佑我们一家平平安安。

这时候的草儿，怎么看怎么像一朵花，棉花是她、菊花是她、玫瑰花是她……

阿 月

　　阿月是我的邻居，也是我的同学、同桌。小时候，只要阿月爹娘上山做农活，就把阿月送我家来，让年迈的奶奶帮着看管。我比阿月大半岁，午睡时，奶奶就让阿月和我睡一张床上。

　　小时候的阿月尿特别多，我经常被阿月的尿冲醒，然后张着嘴巴委屈地哭。每当这时，奶奶和阿月娘就笑得合不拢嘴。阿月娘说，阿月长大了，就是弯刀的婆娘。奶奶说，弯刀长大了，就娶阿月当婆娘。我撕扯着被阿月尿水浸湿的裤子，小声地嘟囔着说，我不要。我是怕了阿月的尿。阿月太能尿床了，我怀疑她肚子里装的是江是河。

　　上学了，我和阿月的书包是奶奶用蓝底白花的扎染布亲手缝制的，两个小书包，颜色、样式、大小一模一样。老师看着我们的书包，手一挥，我与阿月就成了同桌。

　　阿月有两大爱好，一是爱尿床，二是爱吃辣椒。在班里，阿月把尿床、吃辣椒的劲都使到我身上，让我苦不堪言。比如，阿月用尖尖的花岗石在课桌中间拉了一条三八线，不许我过线分毫。只要我不小心过线，阿月就用削得尖尖的铅笔尖扎我。每一次跟奶奶哭诉，奶奶都笑呵呵地说，弯刀要有出息些，莫哭，阿月长大了就是你婆娘，你得让着点。于是，我开始讨厌长大。

　　我终是没能忍让住，我与阿月的战争还是爆发了。

　　有一次，为半截橡皮擦，我和阿月吵起来。阿月嚷，弯刀你听好了，我娘说了，长大了我就是你媳妇，必须让你从小就学会听我的，不然长大了，做你婆娘要吃亏的。我气急，把橡皮擦砸在她脑门上，说，阿月你也听好了，谁要你当婆娘了？我可不想娶条江或是河来淹死我。阿月"哇"的一声大哭起来，如果不是我跑得快，我想她的眼泪足以把我淹死。

阿月娘说，弯刀跟阿月成天吵闹，真是两个小冤家，长大了可如何是好？

奶奶说，打是亲，骂是爱，莫怕，感情是吵出来的，日子是过出来的。长大了，就恩爱了。我不懂奶奶说的恩爱是什么，但一想到从出生到死，都要与阿月绑在起，我的脑海里出现了老师新教我们的一个词语：生不如死！

尽管我天天在诅咒我不要长大，我的身高还是背叛了我，我竟然比阿月高出半个脑袋来。我比以前更加发奋读书了，老师说只要努力读书，就一定能走出大山，过上自己想要的幸福生活。我要抓紧在我没完全长大前走出大山，逃离阿月。

我的如意算盘拨得再好，也赶不上老天爷的变化快。就在我蓄势待发准备中考冲刺时，阿月却先我一步离开了大山，离开了我。阿月家有个远房亲戚在城里，亲戚家生了个孩子，叫阿月去看孩子，每月还给阿月二百元钱。喜得阿月娘天天把那城市亲戚挂在嘴边，喜得阿月天天像只骄傲的孔雀似的，把头抬得高高的，无视我的存在。村里的人也都说阿月好命，说阿月是只要飞出大山的金凤凰。

阿月要走，最急的是奶奶。奶奶找阿月娘说，娃他婶子啊，月儿要去城里了，能不能先跟弯刀把婚订了再走？

阿月娘支吾着说，娃娃们都还小，不急不急，过两年等弯刀出息了说也不迟。

唉！弯刀啊，你的媳妇怕是要飞喽。这是那些天，奶奶见到我说得最多的一句话，我听了，没什么感觉，如一阵轻风扫过。

阿月走的那天，我没去送。我走进了考场，面对那些试卷，我大脑一片空白。身边的空桌椅，那是往昔阿月的座位。阿月去的地方，我不想去。中考成绩放榜那天，我落榜了。从此，我拿起了父亲留下的弯刀，继承了父亲的篾匠职业，在大山里走乡串邻地为乡亲们做篾活。阿月娘

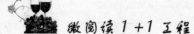

也少上我家来串门了，更没有提起过我与阿月的婚事。

奶奶开始四处张罗着给我说亲，相过几次后，不是我看不上对方，就是对方看不上我，一次都没相成功。

两年后的某天，静寂多时的村子突然闹腾起来，这一切与阿月有关。村里人说，阿月在城里闯祸了，阿月把一个建筑公司的小老板刺伤了，自己也在逃跑时跳窗受伤了，据说摔断了双腿，从此以后都站不起来了。

中秋那天，阿月回来了，是阿月娘背着回来的，悬挂在阿月娘屁股后面的两只裤管空荡荡的。我去的时候，阿月躺在木床，两只眼空洞地看着蚊帐。阿月娘看了看我，坐在门槛上，拍着地，哭天抹泪地号叫。

我站在阿月床前，从怀里掏出奶奶当年为我们缝制的蓝底白花的小书包，轻轻地放在阿月的手里。

窗　景

明子有女友了。

有了女友的明子每天都春风得意，按时按点接送女友上下班。

明子的女友叫媚儿。媚儿人如其名，长得明媚动人，娇柔可爱。尤其是那双修长的长腿，晃荡在明子的自行车后，很美。

清儿每天躲在窗帘后，透过帘缝，看明子载着媚儿，从街口翩跹而过。媚儿晃荡在自行车后座的长腿，像两只翅膀，插在清儿的心上，让清儿的心绪飞远。

母亲说，清儿，你要把窗口打开，这样才能看得更清楚。母亲说着，动手拉开窗帘，推开窗。

窗外的柔风，扑面袭来，扫在清儿的脸上，痒痒的，很清新。久违了，风儿。清儿在心中呢喃，她已经很久没有闻到风儿的味道。

从此后，清儿每天倚在窗口，侧着身子拉小提琴。四方的窗口，框着明眸皓齿、秀丽的清儿，如出水芙蓉，给街口添了一道亮丽的风景。

明子不知道自己是从何时，载着媚儿经过路口时，会抬头看楼上的窗口。后来，明子回忆起来，是那琴声，牵走了他的目光。

那日，近黄昏，明子去接媚儿。春日的黄昏，绚黄的光芒里散发着嫩芽的清新。明子快活地踩着自行车，吹着口哨，他的心情就像他脚下飞转的两个车轮子，今天他很快乐。因为，他终于攒够钱，买了戒指，他打算今晚向媚儿求婚。

路口，红灯亮起。明子不得不停下自行车，明子斜眼看着红灯，心里不快地想，以往从这里过，都是一路绿灯，为何今天偏偏闪红灯。明子深感扫兴时，一阵悠扬的琴声传进明子的耳朵。

明子寻声抬头望去，清儿一袭白衣，长发飘散，肩夹着小提琴，纤指轻动，一曲《梁祝》断气回肠交错在黄昏的浮光掠影中。那种清丽，那份优雅，仿若一幅仙女画，明子捏着自行车手柄沉醉了，醉在画中人儿明亮的眸子里。

媚儿在工厂门口，等不来明子，步行至路口，远远地就看见明子骑着自行车，停在路口，置身车流中，痴傻地仰着脖子，完全无视闪烁的红绿灯。

媚儿蹦跳到明子身边，推了明子一下，哎，看什么呢？明子回过神来，看着媚儿，收起飘远的目光，嘿嘿一笑，载着媚儿消失在路口。那晚，明子捏着裤兜里的戒指，脑子里全是清儿的倩影，戒指盒把他的手掌硌得生疼，终是没掏出来。

明子还是每天接送媚儿上下班，每次经过路口，看着窗口里的清儿，听着清儿的琴声，再回头看看后座上的媚儿，明子的心有刀削手指般的疼痛。

终有一天，在路口，又是红灯。媚儿跳下自行车，指着窗口的清儿，说，是她，还是我？明子恍惚地看一眼媚儿，又抬头看一眼清儿，目光定格在清儿的窗口，久久不肯离去。等他回神，媚儿已不知去向。

从那以后，路口的自行车上，只有路明一个人。清儿再也看不见媚儿那双修长的长腿，清儿只觉心口仿被硬物顶住，想说疼，又没有痛的感觉。

清儿重又拉起窗帘，窗口再不见清儿的身影。

明子给清儿写情书，清儿收到情书，只是在手中捏了捏，便交给母亲放置起来。收到不回信的明子彻夜难安，清儿清澈如水的眸子，已经拉紧了他的心。他只能一封接一封地给清儿写信。

当明子的情书写到第 99 封时，他接到了清儿让人送来的纸条。清儿约他第二天到家里和她见面。明子这才知道窗口里的女孩儿叫清儿。清儿，清儿，这一夜，明子把纸条捂在胸口，笑着入睡，梦里呼喊的全是清儿的名字。

第二天，到了约定时间，明子穿戴一新，手捧玫瑰，忐忑地敲响清儿的家门。他要在清儿开门的那一刹那，说出那埋藏在心里很久的三个字。

门开了，明子看到清儿，清儿是那么美，也是那么小。明子看着蜷在母亲怀里的清儿，惊讶写满脸。清儿弱小的体形，让他意外。她们身后的窗口边有一张半人高的椅子，原来清儿每天都是站在那张椅子上，倚窗拉小提琴。明子手中的玫瑰花嗖地掉在地上，摔出的花瓣滚到他脚边，他呼吸急促，忘了自己要说什么，无措半晌，还是说出了三个字，三个确实是从他内心深处发出来的字。

对不起。

明子丢下这三个字，转身离去。不，是逃去。

清儿着着明子逃跑的背影，深深皱起眉头。明子是第 48 个和她说"对不起"的男孩。清儿知道，她一直在她生命里等待三个最重要的字，但绝不是"对不起"。

母亲弯腰，捡起散落在地上的那束玫瑰花，放在清儿手里，轻声说，喏，这束玫瑰还在啊，你闻，很香的，我们找个瓶子插起来。

清儿搂着母亲的脖子，看着天边正被黑暗一线线吞噬的霞光，幽幽地说，妈妈，我只是看了看窗外的景色而已。

月亮湾的凤仙花

凤和仙是从小一起长大的好姐妹。

在月亮湾，凤在哪儿，仙就在哪儿，找不到凤，一定找不仙。

凤生得美，仙长得俏。凤和仙都有一双好看的手，月亮湾有一种花，叫凤仙花。

凤仙花开的季节。凤和仙采摘来凤仙花，配上石膏粉，捣出花汁，用鸡毛沾着花汁涂指甲，仙给凤涂，凤给仙涂。等花汁在指甲上风干后，十个手指甲伸出来，仿佛一道美丽的彩虹。

凤和仙相约，往后嫁人要嫁在一个村，还要在这个村子里栽下凤仙花，还要互相用凤仙花的花汁为对方涂指甲。

那天，凤家来了媒婆，仙家也来了媒婆。

凤家的媒婆是潭村村长家派来的，给村长的儿子李俊说媒。李俊靠着他爹的关系，当了潭村的村会计，家里的日子相当殷实。凤的爹娘觉得这样的女婿，聪明伶俐，将来前途无量，满口应下了。

仙家来的媒婆是龙村林家派来的，给林家的独子林涛说媒。林涛工农技校毕业后，在家搞养殖，人老实本分，家里的日子比上不足比下有余。仙的爹娘觉得这样的女婿靠得住，也满口应下了。

潭村和龙村只隔着一条细瘦的龙潭河。巧的是，林家和李家的房子都依河而建，林家和李家，两家的大门，隔着龙潭河，门对门。

在凤和仙的心里，嫁给谁不重要，嫁给什么样的家庭条件也不重要，重要的是她们能不能嫁在同一个地方，能不能在凤仙花开时，互相用凤仙花的汁液涂指甲。

这两门亲事，虽说不在一个村，但看起来比在一个村还近。于是，凤和仙都同意了各自的亲事，并且提出喜事在同一天办。

　　出嫁那天，凤和仙用凤仙花汁，互相为对方染了指甲。

　　婚后，凤在李家门前的河边上栽下凤仙花。仙在林家门前的河边栽下凤仙花。两棵凤仙花，隔河相对，一到花开的季节，赛着在风中摇曳着花姿。

　　凤和仙每天一个蹲在河这边，一个蹲在河那边，浆洗衣服淘米做饭。隔河相望的两棵凤仙花摇曳着两个新婚女人的盈盈巧笑。两个女人隔着瘦瘦的龙潭河，各自诉说着自己婚后的生活。

　　新婚的生活是甜蜜的，凤和仙好像有很多快乐的话题，如龙潭河的水，怎么往外流也流不净。

　　有一次，凤端着一盆新衣服来洗。仙说，衣服是新的就要洗啊。凤满脸幸福地对仙说，我也不想啊，李俊每次去市里开会。给我买些新衣服，买太多，我穿不了，搁柜子里快发霉了。说着哗地抖开一件件衣服，花花绿绿、红红紫紫，缭乱了仙的眼。

　　仙这才注意到，凤婚后越来越漂亮、时尚。身上的金银首饰配上那些时髦的衣服，让凤怎么看怎么不像个农村人，倒像个城里有钱人家的阔少奶奶。

　　仙再看自己的洗衣盆里，还是结婚时那几套衣服，家里的钱都被林涛拿去搞养殖了。再看李家的房子，李家的房子是红瓦白瓷砖的三层小洋楼，而林家的房子，土坯砖瓦平房，一眼就看出差距。凤比着比着，心里酸酸的。

　　凤和仙怀孕了，十月怀胎，凤生下一个男孩。仙生下一个女儿。

　　凤和仙抱着各自的孩子，坐在各自门前的凤仙花边。隔河相望的两棵凤仙花摇曳着两个女人初为人母的幸福。两个女人隔着瘦瘦的龙潭河，各自诉说着自己的孩子。

　　凤说她的儿子。仙说她的女儿。凤说，还是你的命好，生个女儿，将来嫁出去，不用操心。仙说，还是你的命好，生个儿子，顶门立户。凤听了哈哈说，这倒是呢，这倒是呢。

凤的哈哈笑声，仙听着，犹如喉咙里不小心飞进一只苍蝇，吐不出来，咽不下去。

凤生了儿子后，李俊升了村长，没几年工夫又当上了乡长。凤成了乡长太太，再不到河边浆洗衣服淘米做饭了。洗衣服，她们家有洗衣机，衣服往洗衣机里一扔就行了；做饭有电饭锅，淘米洗菜有小保姆。

凤的手，再也不用塞进龙潭河的河水里洗这个浆那个，腾出来的一双手，去城里的美甲店，让美甲师涂上艳丽的蔻丹。然后再把这双涂抹着蔻丹的手，放在乡政府几个官太太的麻将桌子上。

仙的一双手，长年泡在龙潭河里，洗这个浆那个，手指早已僵硬如鸡爪，手指甲也凹凸不平。看着自己凹凸不平的手指甲，仙的心情也凹凸不平。仙又情不自禁和凤比起来，比着比着，仙委屈的泪水便滚出眼角。

仙泪眼婆娑地望着河对面凤家的三层小洋楼，那么漂亮的房子，凤是主人啊。

突然，穿着一条裤衩的李俊，慌慌张张地从屋里跑出来，撕碎了仙的泪眼婆娑。接着，凤披头散发，揪着衣冠不整的小保姆出来。凤咬牙切齿地骂着，狗男女、狐狸精……三个人扭打在一起，凤家门前的那棵凤仙花顷刻被踏平。

仙望着河对面那扭打在一起的三个人，忽然想起，她和凤自嫁人后，一次也没互相为对方的指甲涂过凤仙花汁……

 # 云端上的女子

玲子的头发很长，散开是瀑布，绾起是云朵。

玲子嫁到秦城十年。十年里，秦城人，只见过玲子的云朵，没见过瀑布。玲子喜欢用一只木簪，把瀑布绾成云朵，高耸脑后。玲子的脸庞在云朵的陪衬下，皎洁如圆润，仿若高挂云端的圆月，清亮亮地点亮了秦城的每一双眼睛，每一处风景。

秦城人爱看玲子的云朵，爱看玲子的木簪，爱看玲子如满月的脸，更爱看玲子走过繁街清巷的背影。如烟袅袅，如柳婉婉，仿佛是唐宋诗词里走来的佳人，俏丽若三春之桃，清素若九秋之菊。

到底是从云端走来的女子，就是不一样呵。玲子身影飘过处，也会飘出秦城人这样的感叹声。

玲子的家乡在云之南，对于久居北方的秦城人来说，那是一个神秘而遥远的地方，是一幅梦中的画，是一个凄美的传说。自从玲子嫁给秦城人牧舟，被牧舟带到秦城后。关于云之南所有神秘的传说都集中落实到玲子身上，很长一段时间，茶马古道、苍山洱海、五朵金花、阿诗玛、罂粟花……这些只要秦城人能想到的，跟云之南有关的一切都沉浮在秦城人的舌尖上，逮着机会就一股脑在玲子面前吐出来。

玲子，你爬过玉龙雪山吗？玲子笑，摇头。

玲子，你去过苍山洱海吗？玲子笑，摇头。

玲子，你走过茶马古道吗？玲子笑，摇头。

玲子，你见过罂粟花开吗？玲子笑，摇头。

……

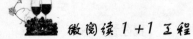

秦城人搜肠刮肚把他们能想到的一切，都问完了，玲子不是笑，就是摇头。秦城人仍不死心，对对对，玲子，你们那里的人都会唱山歌，你会唱山歌吗？

玲子低头，半晌不语，再抬头，宛然一笑，轻轻摇头。

秦城人对云之南所有丰富的幻想，在玲子摇着头的笑容里，彻底粉碎成无数个失落。

玲子不忍看秦城人失落的样子，于是，给秦城人讲她和牧舟的故事。

在玲子的家乡，有这样一个习俗，女子没嫁人前，头发不是像瀑布一样散在脑后，就是扎成一个麻花辫子垂在胸前，待到长大成人后，就可以参加一年一度的女儿节。在女儿节上会遇到很多求偶的小伙子，小伙子们以木簪定情，看到心仪的姑娘就送出去。如果姑娘接受了，就可以找媒婆上门提亲，择日完婚。从此后，绾上头发，一生一世只做他人妇。

牧舟去云之南的同学家玩，凑巧遇上玲子。牧舟第一次见玲子，就喜欢上了这个大眼睛，头发似瀑布的云之南女子。无意中听同学提起女儿节快到了，还有木簪的故事。牧舟不分昼夜亲手用刀削刻出九十九只木簪，在女儿节那天，捧到玲子的面前，向玲子求婚。牧舟的九十九只木簪震惊了整个节日，别的小伙子都只准备了一只木簪，而且都是在集市上买的。

牧舟做的九十九只木簪，每一只的样子都不一样，牧舟红着脸对玲子说，我不知道你喜欢什么样的簪子，我想九十九只簪子，总有一只你会喜欢，你若不喜欢，只要你愿意，我会用我一生的时间，来做一只你喜欢的木簪，绾起你的长发，让你天长地久地和我在一起。

玲子看着九十九只木簪，还有牧舟伤痕遍布的双手，心海翻涌。姑娘小伙们都围着她齐声嚷嚷：嫁给他嫁给他嫁他……从未经历过爱情的玲子，一瞬间仿佛掉进了爱海，仿佛不抓住牧舟，她便会溺亡在这片汪洋大海里。于是，她拿了九十九只木簪中的一只，娇羞地跑开了。

玲子就这样为牧舟绾起了长发，跟随牧舟来到了秦城。

听完玲子的故事后，有一时期，秦城那些为人妻的女人们也纷纷效仿玲子把头发绾起来，但是怎么也绾不出玲子的那种清丽俏韵，最后都放弃了。

秦城的女人们佩服玲子，她可以为一个男人一世绾起长发。

秦城的男人羡慕牧舟，有个女子为他一世绾起长发。

每次看到玲子和牧舟恩爱的身影走过，秦城的男人女人们都说，这辈子，要玲子放下长发，怕是难了。

玲子来到秦城，相夫教子，一晃眼十年过去了。牧舟的生意越做越大，经常要到外地出差，每次回来他都会给玲子带一只簪子，这些簪子很漂亮，有各种珠宝做镶嵌，材质不是金就是银，做工考究精美，但都不是牧舟亲手做的。玲子把那些簪子统统收起来，这十几年来，她一直绾着头发，用的还是牧舟亲手做的那九十九只簪子。

牧舟的生意越做越大，忙起来，天上地上没影子，渐渐地很少回家。有一天，玲子去牧舟的公司找牧舟，接待玲子的是一个年轻的女子，女子二十出头，笑若夏花般绚丽，女子的头发用一只精美的玉簪绾起，像云朵一样高耸脑后，女子的脸庞在云朵的陪衬下，皎洁如圆润，仿若高挂云端的圆月，清亮亮地点亮了玲子的眼睛，也刺疼了玲子的心。

玲子从秦城消失了，当玲子再到秦城时，玲子一头乌黑长发，如瀑布倾泻在脑后、如河流流淌进每个秦城人的心里。玲子把牧舟送她的所有簪子卖了，开了个家旅行社，每天散着一头秀发带着秦城人，天上地上，穿梭在云之南的茶马古道、苍山洱海里……

老拐进城打工

贵子两口子来接老拐跟他回去同住。

贵子是老拐的儿子。

自从老伴去世后，贵子两口嫌他是个瘸子，老拐就搬出来一个人住在河边的羊棚里。

老拐不愿意跟贵子回去，贵子两口子扑通一声跟在老拐跟前，一人抱着老拐一只腿，哭着求老拐回去。

贵子说，以前是儿子不懂事，把爹撵出来，现在只要爹你跟我们回去，任你打任你骂。

贵子媳妇也说，爹，以前都怪我不好，经常惹爹生气，这俗话说，家中有一老，犹如捡个宝。爹，以前是我不对，把你这个宝给撵出来，你现在就跟我们回去吧。

说着还拿出一件新棉衣，给老拐穿上。棉衣是儿媳妇新缝制的，这儿媳妇的手艺还真不错。湛蓝的棉布面料里夹着软白的新棉花，穿在身上又轻又暖，自从老伴走后，长富再没穿过一件新棉衣。

老拐禁不起这样的场面，赶紧拉起儿子儿媳妇，跟他们走。

贵子把老拐搀扶到炕上坐下，这炕曾经是他和老伴的，后来是儿子与儿媳妇的。

烘热的炕亲吻着老拐的冷屁股，老拐的心湿漉漉地暖起来。

这个冬天，啊不，应该是很多个冬天，老拐都不曾奢望过他的屁股能坐在这热炕上。

一切，恍若梦境！

儿媳妇盛了一碗腊八粥，递给老拐，碗里的热气腾腾直冒。老拐坐在热炕上不敢动窝，不敢伸手去接，他生怕，稍动一下，梦就碎了，化了。

　　儿媳妇说，爹，你喝。儿媳妇的笑就像碗里捧的腊八粥，冒着沸腾的热气。长富有些惶恐，斜眼窗外，窗外没有西出的太阳，只有静静飘扬的雪花。

　　儿媳妇说，爹，你喝呀。

　　哎。好时候，老拐应一声，收回游离的目光，接过碗，碗里滚汤的温度沁进他的掌心，他嘴唇碰着碗边，抖动的唇滋溜一声，粘粘的粥吸进了嘴里，再滑进胃里肠里，热乎乎地直暖进心里。

　　贵子说，爹，好喝不？

　　好喝，香。

　　孙子小天问，爷爷，甜不。

　　甜，甜，甜得很。

　　贵子两口相视而笑，爹，只要你喜欢喝，我们每天都煮给您喝。老拐哎哎地应着，儿子儿媳妇那声爹叫得比碗里的粥还甜。

　　几碗粥喝下去，老拐的肚子胞了，身体也暖了。老拐搂着孙子在炕上逗乐，这样的晚年生活，一直是老拐盼望的。

　　贵子坐在老拐面前，给老拐点上烟袋，递到老拐手里。

　　贵子说，爹，我想盖新房。

　　老拐说，好啊，别看爹是个瘸子，帮你打个基石还是可以的。

　　贵子说，爹，盖房子要钱啊，我没钱，我想让爹帮我筹钱。

　　老拐说，我帮你上哪筹钱去？

　　贵子说，去城里。

　　老拐说，我这一个瘸子，还是一个谁都不待见的老头子，去城里能干什么？老拐背心直冒冷汗，刚才吃进去的粥现在缩在胃里，令他堵得慌。

　　贵子说，要的就是像你这样又瘸，又老的老头，在城里才好挣钱呢。

　　老拐说，你听谁说的？

　　贵子说，裘老头，你还记得不？

　　裘老头，老拐怎么能不记得呢，他和裘老头是一起光屁股长大的好哥们，五六年前裘老头受不了两个儿子儿媳妇的指责、谩骂，一气之下离家出走了，村里的人都以为他死在外面了，没想到这老家伙在外面混好了，回来给两个儿子儿媳妇盖了两幢大房子，把两个儿子儿媳美得天天把他当太上皇供着，据说还把他在外面开创的伟大事业传给了他两个儿子。

爹，现在裘老头的大儿子回村来招工。

我又老又瘸，去城里拿什么挣钱啊。

爹，这你可错了，裘老头的儿子说，在城里，像你这样又老又瘸的老头，挣得钱比那些好手好脚的年轻人还要多。他还说，只要你肯跟他去城里挣钱，他敢打包票咱家一年后能盖上像他家那样的楼房。贵子两眼放光地说。

这时候儿媳妇进来了，也附和着说，爹，你就去吧，你要不去，咱家啥时候能住上大房子。你就算不为我们考虑，也为你的孙子小天考虑考虑吧。

老拐说，可是我去了城里，确实干不了什么啊。

贵子说，只要你去了，他们会安排你挣钱的，不用干苦力的。

儿媳妇说，爹，你不去，我们也不勉强你，好在我们家还有小天，你不去，我们让小天去。他们说了，越是年龄大的，和年龄小的挣的钱越多。

好好好，我去我去，你们别把小天弄出去挣钱，他还这么小。老拐疼孙子，尽管他不知道外面的世界是什么样子的，但是他还是不忍心让小孙子这么小就出去挣钱。

年还没过，裘老头的儿子便催着要走了，说过年前这段时间正是挣钱的好时候。

走这天，贵子按照裘老头儿子的要求，给老拐从鸡棚里拿出一只缺了口的破碗，塞在老拐手里，又从锅洞里抓了一把锅灰在老拐脸上抹了几下。贵子媳妇找出一件破了七八个洞的旧衣服，让贵子把老拐身上的新棉衣换下来，穿上这件破衣服，左看右看后，又把老拐本来就很破的裤子，撕开好几个洞。

贵子把老拐送到裘老头儿子面前，裘老头儿子非常满意老拐的造型。

老拐就这样杵着木棍子，端着破碗，跟着裘老头的儿子走了，去城里，给贵子挣盖房子的钱去。

 # 可乐不可乐

马二愣两口子，进城打工不到三年，就盖起三间大瓦房。还有憨狗，早先在村里偷鸡摸狗，跟着马二愣进城才半年，就混得人模狗样，还谈了个对象。唉，就我们傻，天天守着几亩破地，累死累活的穷刨食。这是妈的声音，米果不止一次在半夜醒来听妈这样絮叨。

唉，孩儿他妈，不是我不想出去打工。我是农民，只会种地，离了庄稼地我们会干什么？睡吧，还得早起担粪耙地呢。这是爹的声音，唉声叹气的腔调让米果感到厌恶。米果翻个身，把耳朵深深埋进荞麦枕里。

地地地，你个窝囊废就知道地。守着这穷山恶水的破地方，就算把地球挖破了也别想住上大瓦房。妈小声地，狠狠地骂着爹。

在以前，妈骂爹窝囊废，米果会感到爹可怜，偶尔也会为爹鸣不平。自从那天马旺带着一瓶黑乎乎的水到学校后，妈再骂爹窝囊废，米果就会抽身避开。因为从那时起，他也觉得爹窝囊。

马旺就是马二愣的儿子，与米果同岁，都在几十里外的村小学上学。那年，马旺的爹妈扔了锄头跑城里打工了，留下马旺和瞎眼的爷爷在一起生活，吃得饱一顿饿一顿，穿得乌漆抹黑。马旺饿了就哭着要爹妈，爷爷抱着他，抹着干涩的枯眼哄着他。

湾里人都觉得马旺造孽，米果也觉得马旺造孽（在湾里造孽就是可怜的意思）。比如，下雨天上学去，马旺都是挽起裤脚，把鞋子挂在脖子上，披着从肥料口袋上撕下的内膜，打着赤脚走在山路上。等马旺一步三滑地赶到学校时，已经成了泥猴了。而米果则不同，遇上下雨天，米果的爹都会背着米果，由妈撑雨伞，送他去学校，到了学校，米果从头

到脚都干爽爽的，干爽爽的米果就很可怜湿淋淋的马旺。

但是很快，马旺就发生了变化。那天，马旺拿着一瓶黑乎乎的水，坐在学校外面的老槐树下，他身边围满同学。马旺神气地说，这水是我爸从城里给我捎来的。同学们说，这黑乎乎的看着跟茅坑水似的，能喝吗？

马旺瞪了同学们一眼，指着瓶子上的大红字，说，认识这几个字不？这叫可口可乐，一喝就乐。茅坑水？亏你们这些小乡巴佬想得出。

马旺说着，拧开红色的盖子，嘴对着瓶口，仰脖咕咚地喝了一大口，真甜啊！真乐啊！马旺添嘴抹舌的样子，惹得同学们跟着他干咽口水，都说，马旺让我们尝尝吧，我们也想乐乐。马旺不给，拧起盖子，宝贝似的塞进书包里，鼻子哼着气儿说，有本事也叫你们的爹妈进城打工，给你们买去啊。

米果也想尝尝，他感觉那黑乎乎的水太神气了。马旺自从喝了那水后，真的乐翻了，每天神气得跟个小公鸡似的，学校里到处是他响亮的笑声。同学们也一个个跟在他屁股后面跑。马旺跟同学们在一起，总是拿出些稀奇古怪的东西，今天一块巧克力，明天一块口香糖，都是些大家没见过的东西。马旺说，这些都是他在城里打工的爹妈给捎回来的。马旺还说，城里的孩子天天"可口可乐"。

马旺这样说的时候，米果就很希望爹和妈也去城里打工。可是爹只会种地，一想到这米果就难受，下雨天，爹再背他上学，他就把爹推开，他多想对爹说，你也打工去，马旺能自己上学，我也能。

如果不是遇上旱灾，地里的庄稼都旱死了，米果想爹可能不会出去打工。那天，爹找了马旺的爹马二愣，马二愣一直在城里做泥水匠，自马二愣在湾里盖起三间大瓦房，湾里每年都有不少人跟马二愣进城找活干。马二愣二话没说就同意带上爹。

爹要去城里打工了，妈高兴，米果也高兴，米果高兴得和爹说这说那，当然没忘记和爹说马旺喝的那种叫"可口可乐"的神奇黑水。妈给爹煮了鸡蛋，让爹带着路上吃。爹临走时，搂着米果说，等爹打工挣了钱，也给你买一瓶，啊不，咱买一箱马旺喝的那水水，也让咱家米果天

天都可口可乐。

爹没走时，米果天天盼爹走；爹走了，米果又天天盼爹快回来。几个月后，爹在米果的苦盼里回来了。爹果然不负米果的期望，给米果买了一箱像马旺喝的那种黑水。爹拧开盖子，递给米果，乐呵呵地说，儿子，尝尝看好喝不？米果不接，怯怯地看着爹，爹又说，喝吧，我在城里天天喝呢。

米果接过，仰脖咕咚地喝了一口。他添着嘴，抹着舌，看着夹着拐杖、单腿支地的爹，鼻子酸酸的，心口闷闷的，却怎么也找不到像马旺说的那种一喝就乐的感觉。

生锈的农具

秀秀说，坎坎，你也出去打工吧。

坎坎说，出去打工？除了犁田耙地，我什么也不会啊。在潭村，哪个庄户人家的农活都没有坎坎做得细、做得好，只要站在地头，看哪家的庄稼长得壮，而且还没有杂草，那准是坎坎家的。

秀秀说，犁田耙地要力气不？

坎坎点了点头。犁田耙地那点力气算什么，每年秋收时，百十来斤的一袋稻米，坎坎一人能扛两袋，健步如飞从晒场扛到家。那时候，潭村的女人们都羡慕秀秀嫁了个力大如牛的丈夫，不用干重体力活。那时候，潭村人还没有一个人出去打工，大家都守着小小的潭村，日出而作，日落而息，春种秋收，年复一年。

秀秀说，这不就是了，你有力气，出去打工怕啥？出力就行了。那连草都掐不断一根的二傻子，都能在工地上挑沙灰挣钱，难道你比二傻子还孬吗？

坎坎说，可是我只会把力气用在庄稼地里。坎坎有些为难，他不知道出去打工，他的力气要用在哪儿。

秀秀说，你出去看看，现在村里还有几户人家在种庄稼地？以前你老笑人家二傻子家田里地里只会长荒草，现在你去看看人家住的是什么房子，我们家住的又是什么房子？秀秀恨铁不成钢，更恨自己怎么嫁了这么个拉不出家门的"猪"。

也不知道从什么时候起，潭村出去打工的人越来越多，而且这些出去打工的人，出去没两年回来，准能把早先家里的破房子拆了，盖起楼房，一家盖得比一家高。就连早先村里最穷的二傻子，出去打了三两年的工，也回来盖起了大房子。

潭村的大楼房越盖越多，秀秀家的砖瓦房夹在这些高大的楼房里，好比芝麻掉进了绿豆里。秀秀每天走在村里，一幢幢的大房子钻进秀秀的眼睛里，深深地压在秀秀的心上，令秀秀喘不过气来。

早上，秀秀去上茅房，经过二傻子家，硬被二傻子那憨婆娘拽进她家，说她家每层楼都有厕所，随便秀秀挑，想在哪个厕所里拉就在哪个厕所里拉。

秀秀站在二傻子家光洁得能映出人影子的地板砖上，秀秀想哭，二傻子家的厕所都比她和坎坎的卧室体面。

回来后，二傻子家的大房子、二傻子家坐着就可以大便小便随便拉的抽水马桶……刺激着秀秀的每一根神经，令秀秀疯狂地想住大房子，在她看来，坎坎哪点都比二傻子强百倍千倍，二傻子出去打工用了三两年盖起大房子，那坎坎要是愿意出去的话，一年半载她家的大房子也能盖起来了。

坎坎明白秀秀的心思，可是他真的除了种地，就只会种地。坎坎喜欢种地，坎坎的快乐也全部在种地上，每年春天，坎坎把精挑细选出来的种子，一粒粒、一行行地种在被他把松软的地里，几场春雨后，就绿油油地长出来，一排排，一行行，比学生写的作业本还整齐。等到秋天时，看着那些沉甸甸的庄稼，坎坎就特别有成就感。收了庄稼卖了钱，把钱交给秀秀，看着秀秀沾着唾液数钱的样子，坎坎觉得很幸福。

但是坎坎种的庄稼换不来秀秀想住的大房子，秀秀就不幸福，秀秀不幸福，坎坎就不快乐了。想通了后，坎坎把他的农具一件件擦洗干净，包好，心肝宝贝似的收好后，便收拾行李，决定出去打工，他想，等给秀秀挣了大房子后，再回来种他的地。

坎坎走了，也去了二傻子打工的城市，跟二傻子在工地上干活。坎坎果然比二傻子强，坎坎比很多人都强，坎坎在工地上才挑了一个月的沙灰，便学会了砌墙砖，被工头调上脚手架，拿着砖刀砌墙。砌墙砖挣的钱，比挑沙灰的多出好几倍。

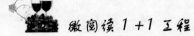

坎坎在这个城市，为很多小区、别墅、商场砌过墙砖，为了能早日挣够盖大房子的钱，坎坎没日没夜地苦干，只要工地上有活，只要给钱，什么脏活累活，坎坎都抢着干。在陌生的城市，坎坎住着最简陋的工棚，盖着最精美的楼房，把他对秀秀、对孩子们、对庄稼地的思念砌进一片片墙砖里。

两年后，秀秀终于用坎坎打工挣的钱，把老房子推了，盖了和二傻子家一样高的大房子，也在大房子里层层安装了抽水马桶、还有光洁得能映出人影子的地板砖……

坎坎春节回家，看着自家气派的大房子，心里那个美啊。坎坎想，这下好了，大房子盖起来了，秀秀的幸福有了，他也可以回来再种他的庄稼了。

坎坎抱着他朝思暮想的农具，跟秀秀说了他的想法。

秀秀横眉一扫，瞪着坎坎说，你就这点出息啊，再过几年儿子大了，要娶媳妇。现在的年轻人谁还愿意住在农村，你看看村里有儿子的，差不多都在城里买房子了，咱儿子要是在城里没房子，往后媳妇都说不上，还怎么为你家续上香火？

秀秀的话，让坎坎抱着锄头的手有些抖。这个春节，坎坎无论喝多少酒，都没醉倒。春节一过，坎坎默默地拎起秀秀为他准备的行李，步伐沉重地迈向村口，迈向村外的世界。

坎坎一走，秀秀把家里的家具都找出来，卖给收破烂的。

收破烂的说，一堆生锈的烂铁，不值钱。

秀秀痛快地说，不要钱，都拿走吧。

 # 黑匣子

儿子回来了，儿子带回一大帮衣着光鲜的城市男女，来寻找春天。

秦老汉想不透，春天年年过了冬就有，为什么还要寻找？

反而他们倒成了风景，村里人都跑出来看。

有人说，秦老汉你有福气啊，儿子出息了，把城里人都带到咱这穷沟沟来了。

秦老汉只是咧着嘴笑笑，跟在儿子屁股后面帮忙拎包。

打儿子一进村，秦老汉就注意到儿子的脖子。

儿子的脖子上挂着一个黑色的四方匣子，豆腐块那么大小。秦老汉说不好是铁的还是塑料的，反正在太阳下锃亮亮的，儿子的双手一刻也不离地抱着。

秦老汉盯着那个四方匣子想：那是做啥子用的。他想问儿子，可是话到嘴边又咽了回去，他怕他的没见识让儿子在同事面前丢脸。

儿子对着愣怔的秦老汉说，爹呀，你在家做饭吧，我陪同事们到后山转转。

秦老汉赶紧收神，应了儿子。

秦老汉想，这穷山沟沟的，除了山就是水有啥可转可看的？儿子脖子上挂的黑匣子到底是啥呢？做啥用的呢？

晌午，儿子领着同事们说笑着回来了。

围桌一坐，开吃。自从老伴死后，儿子进城工作后，秦老汉家就没这么热闹过。秦老汉不吃，他眯着眼吐着烟圈看他们吃，心里还是在想着儿子脖子上挂的玩意儿。

饭饱水足后，儿子说明天要上班，说走就要走。

秦老汉慌忙追了出去，跑到村口。

儿子见父亲追来，才恍然想起什么，掏出了三百元钱塞到了秦老汉手里。

秦老汉赶紧把钱还回去，小声地说，爹有钱，爹就是想问问你，你挂脖子上的那个黑匣子是啥玩意儿？

儿子乐了，说，爹呀，您老太可爱了，这个黑匣子啊你不懂的，它可以把全世界都收进去。

可以把我收进去不？秦老汉急促地追问。

可以，把你收进去后，冲洗出来就可以挂墙上了。

就像咱家挂的毛主席像，印在纸片上一样？秦老汉有点激动。

儿子看着秦老汉说，爹，这次胶卷用完了，下次回来我给你拍一张，嘿嘿，把你印纸片上。

儿子说完就走了，秦老汉站在村口乐了。他在想，要是自己也能印在纸片上，挂在墙上，村里的人该有多羡慕他啊。他甚至还想好，他要把印着自己的纸片挂在毛主席的身边，他这一辈子不敬神仙，就敬毛主席。

稻穗弯腰，中秋月圆时。秦老汉的儿子又带着同事们来了，脖子上还挂着那个黑匣子。

秦老汉一看到那个黑匣子，就在心里乐开了，愿望要实现喽！

秦老汉没想到，儿子放好行李后，就吩咐秦老汉做饭。然后就带着同事们直奔稻田去了，没有半点想给他拍照的意思。

秦老汉心情失落地边打整鸡毛，边想着怎么让儿子把自己收到黑匣子里，做成纸片。他想：儿子可能忘了，那我就找个时机和他说说。其实他是很乐意儿子自己提出来的。

饭菜飘香时，儿子领着同事们回来了。秦老汉无心听那帮年轻人夸他住了一辈子的穷沟沟，是如何美，如何的吸引人。

秦老汉的眼神只跟着儿子打转，他希望儿子能想起来。

饭吃完了，儿子们在收拾行李了。

就在秦老汉坐立不安时，突然儿子的一同事说，给老爹来一张吧。

儿子回头看了一眼秦老汉，说，算了吧，我还想留到村口拍几张村口的景色呢。

没事的，就给老爹来一张吧。儿子的同事们都起哄起来。

秦老汉还在他们的话中雾里云里时，儿子就已经把他推院外了。

秦老汉焦急地说，娃啊，你要爹做啥啊。

儿子讥笑地看着秦老汉，说，爹呀，我把你收到黑匣子里，做纸片啊。

秦老汉一听，差点把含在嘴里的烟锅子给呛到了地上。

儿子举起了黑匣子。秦老汉那张起皱的铜皮脸就涨得通红，他把手背到了身后，本来他是想一只手掐在腰上的（毛主席就是这样子的），这个动作他一个人的时候演练了很久。可是他现在不敢，也不好意思。

儿子在他面前一会儿左一会儿右的，一会儿半跪，一会儿半蹲，老汉知道这是在找角度。他背着手，佝偻着背不敢动丝毫。

秦老汉这一生总共在人前害羞过两次，一次是娶媳妇，一次就是现在，站在儿子举起的黑匣子前。

终于随着一声"咔嚓"声，儿子说好了。秦老汉绷紧的那根心弦也"咔嚓"一声松了，他擦着满头的大汗，掏出烟锅子哆嗦地吸了一口。谁也没注意到，秦老汉今天穿了件崭新的衣服。

儿子走了，秦老汉就天天跑到村口等邮递员，村小卖部的电话机他一守就是老半天。

有一天，儿子终于来电话了。秦老汉在和儿子一番嘘寒问暖后，终于小声地问儿子把他印纸片上没有，什么时候给他寄回来。

儿子在电话那头淡淡地说，爹呀，因为你那张是最后一张，最后一张通常都会曝光的，不容易洗出来，没拍上，下次吧。

秦老汉木木地挂上电话。

秦老汉突然就病了，等儿子挂着那黑匣子赶回来时，他已经闭上了一双老眼，他再也看不见儿子脖子那锃亮的黑匣子了。

儿子扑倒在秦老汉的身上，哭得地动山摇。最后他找来一块搓衣板，支起秦老汉僵硬的身子，举起手中的黑匣子"咔嚓"一声，秦老汉终于表情自然地进了黑匣子。

　　这次全村人都看到了秦老汉印在纸片上了，在黑色棺材前，秦老汉闭着双眼面对着儿子，面对着送葬的队伍。

# 滴水之恩

思源妈在思源三岁那年死了，是思源爹打死的。

在潭村，思源爹打老婆是出了名的狠，手里有绳子，用绳子抽；手里有扁担，用扁担砍；手里什么也没有，就拳脚相加……思源妈就是铁做的，也禁不起这样的捶打，终于有一天死在思源爹的扁担下。

思源妈死了，思源爹难逃法律的追究，被枪毙了。思源从此就成了没人管的孤儿。

无父无母的思源，肚子饿了，东家门前站会儿，西家门口坐会儿。淳朴、善良的潭村人虽不喜欢思源爹，但是都同情思源的遭遇，所以不管思源站在哪家门前，都不会让思源饿着。

思源吃着潭村的百家饭、穿着潭村的百家衣长大了，潭村人还凑钱供思源上了小学中学。潭村谁家也不富裕，思源是个懂事的孩子，中学毕业，再不愿意上高中，拿到身份证的第二天，他便离开潭村去广州打工。

思源这个名字，还是思源在办身份证时，自己改过来的，他原名叫小光。思源把自己的名字改叫思源，就是要提醒自己时刻记住潭村父老乡亲对自己的思情，等自己出息那天，必要涌泉相报。

思源是个能吃苦人，到了广州，进了一家服装工厂，为了能多挣钱，他经常加班加点的苦干。

眨眼间，思源来广州十年了，他从一名最普通的车床工人，做到服装销售经理，再成立自己的公司。服装公司在他的苦心经营下，蒸蒸日上，思源也娶了一位漂亮的广州姑娘，在广州停止了漂泊的脚步，安家

立业了。

每每思源坐在他宽大的办公室里，就特别思念家乡、想念潭村人。他想起七岁那年冬天，张家婶婶把他揽在怀里，为他一针一线地量身做棉衣；想起金家哥哥在他八岁那年背他渡过龙潭河，送他上学；还有李家爷爷，从山里为他摘来红山果特意送到学校……越想，思源越想回乡探望潭村人，摸着银行卡，琢磨着卡里面的数字，思源觉得他是时候回去报答潭村人对他的恩情。

思源说回就回，思源不光人回到潭村，还带回几大车总价值100万元的衣物。

思源想送潭村人衣物，以报潭村人对他的养育之恩。在思源的心里，衣服是温暖的代表，小时候，他没有衣服穿，都是潭村人，东家给一件，西家给一件的为他穿上，才不至于让他在冬天冻死。如今，他用他厂里的衣物来回报乡亲们，是再适合不过的了。

思源把几大车衣物停在村委会，村主任对思源的做法很是感动，拿起话筒，在村广播上热泪盈眶地吼了几嗓子，潭村人便知道思源回来了，思源回来报答乡亲们的养育之恩了。

发放衣服这天，潭村人热热闹闹地围着思源，高高兴兴地挑选自己喜欢的衣服，都夸思源是个知恩图报的好人。乡亲们拉着思源的手，泪涕交加地一次次把思源带进回忆的旋涡，让思源在回忆的旋涡里拥着乡亲们泪水长流，不能自拔。

城里电视台、报社的记者不知从哪里得知的消息，开着采访车悄悄来到潭村，拍下这感动人心的场面。当晚就在电视上播出，第二天省报上还大篇幅地写了报道，标题很醒目也很长《饮水思源，滴水之恩，涌泉相报——孤儿成材后回乡花100万巨资购衣赠乡亲报养育之恩》，还配发思源送衣给乡亲们的大幅照片。

媒体的报道像野草，一夜之间由全省风靡全国。接下来，全国各媒体的记者纷纷赶赴潭村，围着思源采访。思源一下子成了媒体的风云人物，今天做客这家媒体谈创业历史，明天又做客那家媒体谈思乡之情。思源在电视上的出镜率越高，思源的公司知名度就越高，各路订单雪片似的飞到思源的公司。

思源在电视上说得唾沫横飞，热火朝天，停不下来。然而，坐在电视机前、手拿报纸的潭村人沉默了。

电视台为了跟踪报道，又来到潭村，想拍一组潭村人穿着思源送的衣服的温馨画面。来到潭村后，才发现潭村人没有一个人穿着思源送的衣服。追问为什么，谁也不说。电视台打电话跟思源说了情况，思源立即坐飞机赶回潭村。

乡亲们看到思源来了，都纷纷把思源送的衣服，叠得整整齐齐，送到思源面前，不一会儿，思源的面前就堆起一座衣服山，隔着山，思源问乡亲们为什么？乡亲们只是叹着气纷纷离开，最后离去的村主任看着思源意味深长地说，思源你怎么会变成这样呢？当初我们养育你，就没图你会报答我们，可也没想到你如今会为了牟取暴利，假借报答之名来利用乡亲们啊！

思源听了村主任的话，一下子瘫坐在衣服山里。他看着离他而去的乡亲们，悔不该当初听媳妇的话。

原来，思源把想回潭村报答乡亲的事跟媳妇说了，媳妇略一思考，就想出了这个让思源既报答了乡亲父老的养育之恩，又甩掉公司积压多年的库存，又为思源和公司赚来知名度的一石三鸟的绝妙主意。那些悄悄潜入潭村的记者，也是思源媳妇花钱雇佣来的。

思源万万没想到，当年潭村人，用衣服温暖了他，而如今他却用衣服堆起一座冰冷的山，冻伤了潭村人的心，也把他和潭村人隔在山两边。

我的头发是短发

毛子与玉珠结婚时。玉珠有高高的个子，有纤细而不失丰腴的身材，有清脆而甜美的嗓音，有如满月般光洁的脸蛋；她还有如玉一般通透润泽的心灵，她不攀权附富，善良温婉又热情大方，最重要的是对一贫如洗的毛子死心塌地。

有玉珠这么个好女子，毛子心里那个美啊，那个醉啊，能赶上喝家乡产的五粮液了。要说玉珠还有什么地方让毛子不满意的，那就是玉珠那一头的齐耳短碎发了。每每看到那些长发女子从身边飘过，毛子的心就抓痒抓痒的。

夜光如水的夜晚。一身赤裸的毛子总会抚摸着玉珠的短碎发，呢喃道，珠，你要是也留一头披肩长发，我准会被你迷死的。

呵呵，那不成了倩女幽魂了？玉珠在毛子的甜言蜜语里"扑哧"笑出了声。玉珠是个喜欢简单的人，她不喜欢给自己弄太多的牵绊，包括头发，从小到大母亲劝了她多少回她也没留过长发，短发很适合她干练的性格。

切，你怎么这么不懂男人的心呢？毛子乜了玉珠一眼。

不喜欢归不喜欢。玉珠还是义无反顾地留起了长发，只要毛子喜欢就行。

孩子快临产了，玉珠的秀发已经齐肩了。婆婆说，女人坐月子不宜总梳洗头发，你把头发剪短了，便于坐月子。玉珠不干，结果整个月子坐下来，玉珠的头发打了不少结，费了很多力气，把头皮都扯破了，才把一头长发理顺。

孩子三岁那年。玉珠的头发已经齐腰了。毛子的事业也像玉珠疯长的头发一样，从一个打工仔的角色成功转换成一个小有成就的老板了。

夏天的时候，玉珠总是穿着淡雅的衣裙，披散着一头乌黑柔顺的长发，牵着孩子的小手，长发飘飘、衣袂飘飘地穿过窄窄的小巷，穿过闹哄哄的菜市场，穿过花红绿柳的街道。玉珠的长发飘向哪里，人们惊艳的目光就洒向哪里。

毛子迷恋在玉珠的长发里不能自拔，他常常看着玉珠飘洒的长发愣神。每个夜晚，在毛子与玉珠那张宽大的软床上，就是不开灯，玉珠都感觉到在她身上喘着粗气看她的那双眼睛亮足了千百瓦，玉珠想：幸福的光芒大概就是这样了。

孩子五岁那年。突然间，城市里刮起了一阵"龙卷风"。几乎是一夜之间，女人们的头发都成了木匠刨子下的刨花了。什么生化烫、离子烫、锡纸烫，各式各样地在女人们的头上兴风作浪。看着这些浪花一朵朵，毛子的心也开始在波涛暗涌了。

晚上，毛子与玉珠躺在床上。毛子闻着玉珠成熟女人特有的体香，一手搂着玉珠光洁的胴体，一手在玉珠的长发里穿插着，却怎么也冲动不起来。玉珠困惑，问毛子问题出在哪了。毛子梦吃般地说，珠，你长长的头发要是烫成大波浪卷发，那才性感呢，性感女神就非你莫属了。

性感女神？玉珠"扑哧"笑出声，我看那是狮子狗。玉珠想想就反感。

我说，你怎么就这么不懂男人的心呢？毛子一把推开怀里的玉珠，翻过身丢了个光溜溜的背给玉珠，一夜无话。

反感归反感，玉珠最后还是跑去美容美发厅，做了个最时髦的生化烫，并且按毛子的喜好把头发染成粟红色。

当玉珠顶着一头波浪涌现在毛子面前时，毛子感觉自己就要被这些波浪吞没了。从此后，几乎每晚毛子都在玉珠甩来甩去的大波浪卷发里一浪高过一浪。玉珠在毛子掀起的浪潮里，开始强迫自己接受满头蓬乱的大波浪。只要毛子喜欢，玉珠不在乎长期梳理卷发的麻烦。

孩子十岁那年。玉珠头发上的浪花还没退去，毛子却不掀浪花了。

玉珠做梦也没想到，毛子乌黑锃亮的"奥迪"车里会端坐着一个长发飘飘的靓女。那女孩的头发乌黑顺直，和当年的自己很是相似。

玉珠找毛子理论。结果是，毛子撒给她一把钱，还有一纸离婚协议书。

毛子很快便与那长发靓女结婚了。

玉珠把自己关在屋里，每天都疯狂地揪扯着那一头的浪花，泪水涟涟。

眼泪流干后，玉珠义无反顾地走进美发店。在美发师的剪刀下，玉珠那一头长长的青丝，那一头朵朵的浪花，顷刻间变成了美发师脚下的丝丝香魂。

玉珠顶着一头齐耳的短碎发，清清爽爽地站在美发店外，侧着身子向前方伸着手拦"的士"。一辆黑色的小轿车悄无声息地滑到玉珠的身后，车里的男人冲玉珠的背影暧昧地吹了声口哨，嘘——美女，等车呢？到哪里？要不要哥哥送你一程？

玉珠猛一回头，就对上了毛子痞笑着的脸。

毛子痞笑的脸对上了玉珠诧异的脸，瞬间色变。毛子舌头僵硬地说了句，怎，怎么是你？就摇上车窗，从玉珠身边逃也似的飞奔而去了。

站在一溜青烟里的玉珠，用手捋了捋那一头的齐耳短发，看着渐渐消失的那辆车子。凝眸一笑，说，我的头发是短发！

冬青树

她喜欢冬青树。她在家里栽种了很多。这个冬天，北方异常的寒冷，刚入冬，天地间就仿佛一座冰窖，包围了整个世界。

她种的冬青树，无论她怎么呵护，都相继死去了。

他来电话时，她正捧着枯败的枝叶，欲哭无泪。他在电话里叮嘱她出门要多穿衣，夜里要多盖被子，按时吃饭。她听着他的叮嘱，仿佛在听陌生人说话。结婚三年多，这个家于他来说，就像旅馆。他是个刑警，从警这么多年，官没当上，钱没挣上，一接到案子，就要天南地北地出差。他经常在忙碌过后，对她表现出无比的歉疚，其实她一点也不介意。他对于她来说，只是结婚证上的一个名字而已。她的心里，眼里只有她的冬青树。再过两天，就是她的生日，每年都是这些冬青树陪她过生日的。如今，她精心呵护多年的冬青树也死了，她不知道这个冬天，要怎么走过去。

生日这天，外面雪花漫天飞舞。她找来铁锹，把那些死亡的冬青树埋在雪地里。一个人的生日晚宴，三菜一汤，没有生日蛋糕。她翻出那本珍藏了多年的日记，放在餐桌的另一端。取来酒，自斟自饮，一杯接一杯，任回忆在酒精的麻醉下，从心田流出。

那年，她上高三。她悄悄喜欢上同班的一个男生，男生是高二时外校转来的。男生除了个子高大外，长相很普通，学习也平平，单从长相上看，男生确实没什么过人之处，可是男生会用冬青树叶吹出好听的曲子。她被男生孤独忧郁的曲声所吸引。

每天下午，男生都会坐在学校后面的小山头上，摘一片冬青树叶，含在嘴唇吹起来，曲调悠扬、清润。那悠扬的旋律，把每次经过小山包的她，搅得心不在焉。

她不住校，每天傍晚，去学校上晚自习。她都算着时间从家里出发，目的就是能装作不经意地从男生身边经过。经过男生身边时，明知一抬头就能看见男生，她不敢，就算走出很远，也不敢回头，她怕她回头，就泄露了心底所有的秘密。

暗恋的滋味很甜蜜也很痛苦，她是个矜持的女孩，性格使然，她只能把心事藏在心底，幻化成文字，全部交给日记本。

转眼毕业了，老师提议开一场毕业晚会，同学间互相赠送礼物，以留作纪念。

她用积攒了很久的零花钱，买了一枚绿色的口琴。

晚会那晚，她提前来到学校，走进空荡荡的教室，从书包里掏出口琴，轻轻地在口琴上吻了一下，然后飞快放进男生的书桌里，再怀着一颗怦跳不止的心，悄悄跑出教室。

晚会上，她坐在角落里，看着男生拿出口琴后，那一脸迷茫而又快乐的神情，她的心里就像喝了蜜。那晚，男生还用口琴为大家吹了一曲。男生的嘴唇轻柔地压在口琴上，她想起她在口琴上印的吻，脸上飞起了两片红晕。那是她的初吻。

她鼓起勇气，打算第二天就向男生表白。可是，晚会后，男生一直没出现，连高考都没有参加。她到处含蓄地打听男生的去向，终于在一个和男生关系较好的同学口中得知，他已外出打工了。

她抱着日记本，坐在小山头上冬青树下，流下了伤心的泪水。

大学毕业后，同学同事一个个都结婚生子了，就她还单身。大家都替她着急，只有她不急。一个人的时候，她会拿出那本珍藏的日记本，默默地翻阅，日记本里面夹着一片已经风干了的冬青树叶子，那是毕业晚会上，男生给大家的礼物，男生没有钱给大家买礼物，就很有创意地送每个同学一片冬青树叶子，她一直视若珍宝保存着。

他是母亲托媒人介绍的，母亲说她的年龄不能再耽搁。他各方面条件也确实不错，她没有理由拒绝。她就是这样，在爱情面前，不知道争取亦不知道拒绝……

　　酒到酣时，方知烈。情到深处，方知心痛。思念的刀把她的心拉锯得破碎不堪。她再难抑制，把日记本抱在怀里，失声痛哭起来，这么多年，她还没这样痛快地哭出声来。

　　突然，门外有响声。她收起哭声，抹了把眼泪，跌撞着走到门口。门开了，原来是他。他一身风雪地走进来，哈着冷气。

　　她惊讶地问，你怎么回来了？

　　他温和一笑，案子一了结，我就赶回来了，喏，这是给你的生日礼物，我知道你很喜欢，是特意从昆明给你带回来的。他说着，像变戏法，从宽大的大衣里掏出一盆冬青树，油绿绿的叶子，就像刚从春天走来。

　　她接过来，从盆到枝叶，都还残留着他的体温。

　　雪下得太大了，高速封路，我怕又一次错过给你过生日，就下车走回来，路上我怕冬青树冻坏了，就藏在怀里捂着。真是万幸呐，一点都没坏。他像个孩子似的扶着她的肩笑起来。

　　看着他疲惫而深情的眼神，刚喝进去的酒在她胃里不停地翻腾，火辣辣地，百转千回。片刻的愣怔，她转身，趁他洗手去，悄悄把桌上的日记本锁进柜里，拉开窗门，把钥匙抛进风雪夜里……

车之恋

　　我的主人是个乡下老头，年近七旬的他，本应该在家安享晚年。但，儿子结婚要买房，闺女上大学要钱，老婆子身体不好，要吃药钱。主人给了儿子买房的钱，就给不了闺女上大学的钱，给了闺女上大学的钱，就给不了老婆子的药钱。主人不给儿子买房，儿子那花朵般的女朋友就不给儿子当老婆；主人不给闺女上大学的钱，闺女就疯疯癫癫认不得爹是哪个；主人不给老婆子买药吃，阎王爷会把老婆子招去当小工，阎王爷把老婆子招走了，主人就没老婆啦。

　　我与主人相遇于旧车市场。当时，我正和身边的红色夏利卿卿我我、谈情说爱。主人走到我身边，从二手车贩手里接过钥匙，在我的鼻子上一拧，突哧突哧地把我开走了。

　　我哭啊，我号啊，我不想离开小红夏（我对红色夏利的爱称），小红夏是我好不容易得到的爱，在我们三轮车类里，要是能获得像小红夏这样的车的爱情，那可是件光宗耀祖的好事啊。虽然她人老珠黄，皮肤脱落，眼睛也瞎了一只，但我就是爱她，从见她第一眼起，我就被她丰腴的身材迷住了。别的车们都说小红夏跟很多车类有牵扯不清的关系，要不然，她也不会弄得一身是伤，来到二手车市，如果我娶了小红夏，就等于同时娶了N顶绿帽子。说这话最起劲的，当然是小红夏身边那辆讨厌的皮卡车啦。这辆该死的皮卡车，我爱我的小红夏，我才不在乎他怎么说，我知道他是在妒忌我。

　　小红夏看着渐渐远去的我，泪眼汪汪地大声说，三轮哥，说好一生一世不分开，你怎么舍得离开我啊。三轮哥，你还没有亲我呢……

小红夏，你要好好活着，三轮哥也舍不得你，三轮哥一定会再找到你……主人猛踩着油门，把我爱的呼唤粉碎在飞扬的黄尘里。

是啊，我说过要给小红夏一个轰轰烈烈的吻，我本想把这个吻留到洞房花烛夜时。可这一别，怕是一生难见了，还怎么给我心爱的小红夏那个吻呢？我越想越心碎，车这一辈子，还有什么痛能比得上与爱人分离的痛呢？难怪这世界上每天都出现那么多殉情的情侣车呢，以前只要看到这些车们为爱而殉情的尸体，我都会笑它们蠢，而现在，我也巴不得和我的小红夏蠢上一回，不求同生只求同死。我苦苦诉求上天，如果能再见我的小红夏一眼，哪怕是粉身碎骨我也愿意。

主人想把我打扮得帅气些，好到城里拉客挣钱。主人给我的身上刷上最好、最亮的油漆衣服，花高价买最好的油给我吃。然而这些都没能止住我失去爱车的痛。我无精打采地在主人的操控下上路，刚到城里，我就见到许多跟小红夏一样的姑娘或是贵妇，她们高傲地从我身边疾驶而过，她们俏丽的身影，勾起我对小红夏的无限思念。

我开始恨我的主人，如果不是他，我怎么会与小红夏分开？我要报复，我趁他倒车时，狠狠地啃一口身后的老槐树，老槐树很不客气回啃掉我半个屁股；主人好不容易招揽到客人，我趁客人在上我身体的时候，悄悄抖掉一扇车门，数九寒天，没有车门挡风，谁还愿意坐在我身上？

一个月下来，主人给我换新眼睛、新车轮、新电机、新车门、新把手……我一分钱没为主人挣到，反而让主人倒贴了数百元，主人的老婆喘着气地等钱吃药，主人的儿子冷着脸回来拿钱，主人的闺女从大学里打电话回来，哭哭啼啼地要生活费。主人蹙眉苦脸地蹲在我身旁抽闷烟，顿时我的眼前就飘起一串串"ＦＧＯＰ＠％＾……"，那是主人难言的心思。主人宽厚的掌心，抚摸在我的身上，令我的心暖暖地生出一丝愧疚来。想起主人对我的好，我暗暗下定决心把小红夏藏进心里，从明天开始一定要好好帮助主人挣钱。我是个恩怨分明的三轮车。

第二天，主人骑着我进了城，刚到一个拐弯处，我就看到了我那日思夜想的小红夏，我的心情那个激动啊，我哇哇大叫着，小红夏、小红夏。不管不顾地冲向小红夏，小红夏却像没看见我，或是压根不认识我似的，疯了似的追着我前面的一个自行车，眼看她就要亲上那自行车的屁股了，我气得火冒三丈，一头飞进小红夏的怀抱。

哐当，我终于和我的小红夏拥抱了，给了她一个轰轰烈烈的吻，虽然我们都很痛，但感觉好极了。真希望时间永远在这一刻停止，那我就可以和我的小红夏永远在一起啦，我的主人也就不用再为了钱蹙眉苦脸。然而，那是永远不可能的，我在疼痛中看见小红夏的主人跳下车，酒气熏天地给了我的主人一拳头，然后，掏出手机给交通队打电话，小红夏躺在我怀里幽幽地说，三轮哥，你真傻，我主人的铁哥们是交通队的队长……

 # 年三十的私房菜

付春从城里回家时，爹和妈正在院子里剔玉米棒子。玉米是从地里新掰回来的，小山似的堆在墙角。爹和妈坐在小山前努力地扒拉着，剔下的玉米叶扔在身后，也像小山。爹和妈双手不停地剔着玉米叶，动作娴熟如上了轴的机器。窄小的院子，除了玉米棒子，就是玉米叶子、玉米秸秆，爹和妈置身其中都显多余，他们都没有发现身后的儿子付春。

付春一声不吭地跨进院门，拎着大包小包进了自己的屋，放下行李，一头栽倒在床上。爹和妈同时停止手上的动作，时间静止两分钟后，付春透过掉了半块的玻璃窗听见爹说，春，回来了？妈马上站起身来，责怪爹说，他爹，春都进屋了，还问？快去抱柴火，我给儿子做吃的去。付春拉起被角，捂在脸上，眼泪无声地流下。

付春在城里一家五星级酒店当厨师，付春的厨艺好，在这家酒店一干就是五年，五年间付春很少回乡下，五年的城市生活让他下意识里，已经把自己当成了城里人，他甚至发誓要在这家酒店干一辈子。然而，没想到这家酒店自从去年易主后，因经营不善，一天比一天不景气，上个月彻底宣告破产。酒店破产了，付春也失业了。

失业这个月，付春把城里所有的饭店、酒店都找遍了，没有一个地方能容纳他。一些有名气的饭店、酒店，都有自己稳定的厨师团队，就算人家缺人手，他进去也只能是个打杂的。太小的饭店，薪水太低。付春感觉自己一下子从繁花似锦的春天走进了寒风凌厉的冬天，高不成，低不就，就把付春挤回乡下的家了，付春流泪是因为他不想像爹妈那样，当农民。付春想着想着就睡着了。

也不知过了多久，付春被妈叫醒了。

春，快起来吃饭了。妈在站窗外，小心翼翼地喊付春，生怕声音大了，把儿子吓跑了似的，儿子已经很久没回家了。

饭桌上的菜，都是付春打小就爱吃的菜：干椒炒青菜、韭菜炒鸡蛋、火腿沫焖嫩玉米。汤是酸菜土豆汤，酸菜是妈自己腌的乡下常见的老酸菜。旁边是一锅刚焖好的玉米饭。这些上不了台面的饭菜，也只有在家里才能吃到，虽说都是些在付春看来上不了台面的菜，但味道却是出奇的好。

付春很快就风卷残云般，把桌子上的饭菜一扫而光。爹和妈几乎一筷子未动，看着狼吞虎咽的付春，笑得嘴都合不拢。付春看着爹妈，抹着嘴回味着刚才的饭菜香味儿，突然脑子里像打开了一道尘封已久的门，付春兴奋地一连说了好几声"我怎么没想到呢？"……爹和妈被付春整糊涂了，还没回过神来，付春已经拎着大包小包跑出院门了，爹和妈赶紧跟到院门外，说，春，你这刚回来，又要去哪儿啊？回城里。付春头也不回地说。

付春有足够信心让自己成为城里人，他不再怕失业，这一切都源于妈做的饭菜。付春在吃了妈做的菜后，突然想到时下城里流行的私房菜，他想，现在城里人吃饭店都吃腻了，我何不当一名专做私房菜的厨师呢？

很快，付春的私房菜就在城里闯出了名气，很多有钱人、领导都请付春到家里专门为他们做私房菜。尤其是每年的春节，付春更是分身乏术。

付春不断创新他的私房菜，几年后名声越来越大，钱也挣下不少，还在城里买了房子，拥有了城市户口。爹和妈不愿和他来城里，一直住在乡下的小土院，付春已经有好几个春节没回家陪父母过年了。每次爹妈打电话来，要他回家过年，付春都推托了。

今年年三十那天，有个搞建筑的大老板，给了付春很多钱，说是特意请付春去为他父母做一顿年夜饭。这位老板的爹妈一直住在乡下，老板有心想接爹妈去城里过年，也享享福，可是爹妈不来城里，老板只好回乡下陪父母过年。老板怕和爹妈说回去过年，两位老人又忙里忙外辛苦做饭菜，因此老板骗父母不回家过年，请付春去做私房菜的目的是想让父母过个不用操劳的年。

付春满口答应了，天快擦黑时，和老板一起赶到了老板乡下的父母家。没想到，他们推开门，首先映入眼前的竟然是一大桌子已经做好的饭菜，碗筷已摆好，就好像专等老板一到就开席似的。老板惊讶得合不拢嘴，不停地问两老怎么知道他要回来？

老板的爹说，每年不管你回不回家过年，你妈都会把饭菜做好，万一你回家了，也好吃上一口热乎饭。老板的妈接着说，这些都是你打小就爱吃的饭菜，在外面哪能吃到呢？老板两眼含着泪，一把抱住了两位老人。一直站在门口的付春看着这一家子，缓缓地掏出钱包，把钱悄悄地放在门边的桌上，轻轻地合上门，头也不回地离去了。绚丽的烟花爆竹在付春身后、头上此起彼伏地响着、盛开着。付春仿佛闻到了妈做的干椒炒青菜、韭菜炒鸡蛋、火腿沫炝嫩玉米，还有酸菜土豆汤的味道。

追风少年

麦龙是在春节临近时回村的。

脚蹬一双棕色长筒靴的麦龙刚踏进村，整个村庄就沸腾了。麦龙走到村西，能把村北的目光全收聚过来，回头率绝对是百分之百，就连那些久卧床榻，轻易不出门的村老们，也撑着一把咯咯作响的老骨头，爬起来看。麦龙要的就是这个效果，万人瞩目的感觉太美妙。

自从回家那天起，麦龙每天都要在村里来来回回游荡好几回。村长媳妇说，麦龙的屁股会吹哨子，走到哪里响到哪里。

麦龙听了，两眼皮子向上一挑，扔给村长媳妇两"卫生球"。鼻子打着哼哼从村长媳妇面前一闪而过，长筒靴子厚重的鞋底子跺得山响，耳朵上两个硕大的圆圈子，晃得村长媳妇心尖子直打战，我的妈呀，牛魔王转世也没这瘆人。很久以后，村长媳妇才弄懂，麦龙屁股上带响的不是哨子，而是手机里面的什么QQ叫声。

麦龙在村里走路时，从来都是鼻孔朝天，无论遇到谁，都会掏出一个超大宽屏的手机，说，你会上网吗？要是对方说会，他立马掏出纸笔，写下一串数字，说，这是我的QQ号，记得加我好友哦，我的网名叫追风少年，嘿嘿，酷吧。

麦龙也会当着很多人的面，对着手机"叽里呱啦"说一长串村人听不懂的话。遇到好事者问一声：麦龙，你球娃的讲啥鸟语？麦龙甩甩头上黄不黄，红不红，长不长，短不短的只剩半边的头发，生不生，熟不熟地说，阿拉讲的上海话，侬这赤佬晓得个啥？

听得人一头雾水，几天回味不过来。回味不过来，就专门锁定上海卫视，想弄个明白。龙潭村的人除了麦龙，谁也没去过上海，更没有上海人来过这个《中国地图》上都找不到的龙潭村。自从麦龙回来，全村几乎一大半的人都锁定上海卫视，边看边扯闲话：

哎，你们知道吗？听说麦龙在上海是在什么美发厅打工，在学美发呢。

上海人的头发都美成麦龙那样，还能说上媳妇吗？看那脑袋捯饬的，一半荒地，一半野草的，像个啥啊？瞅瞅，走一步路还甩三甩，跟牛甩尾巴赶蝇子似的。

在上海是不是男人都跟城里女人似的穿长筒皮靴子？

……

麦龙身上全是村人解不开的秘密，解不开密的村人，就开始骂起来，这个时候麦龙的爹老麦龙就成了麦龙的儿子了。听听，大家一开口就是：看看老麦龙养的那个爹，真是丢尽他家祖宗八代的脸。

有的村人甚至恶狠狠地警告同样在外打工的儿子：你小子要是敢捯饬成麦龙那个样子回村里来，不等你小子吭声气，老子就把你的头捛下来当球踢了。

你骂也好，你笑也好，麦龙依然一天几遍，屁股带着响，走一步脑袋甩三甩的在村里游荡，依然见谁都说，你会上网吗？我的网名叫追风少年。依然在人多的地方"叽里呱啦"地打手机。这样的情景一直持续到春节过后，麦龙走出村子，打工去了。

麦龙人是走了，却带不走龙潭村人的笑声。提起麦龙，龙潭村的人还是"嘎嘎"地笑个酣畅淋漓。麦龙他爹老麦龙在这些笑声里，如丧家之犬，整天低头蔫脑的，直不起腰。

春来秋去，就在人们对麦龙渐渐淡忘时，麦龙又回来了。

当老麦龙带着那颗脑袋瓜子还是半边荒地，半边野草的麦龙进村时，整个村庄再次沸腾了。一脸笑意的麦龙走到村西，能把村北、村东、村南的目光呼啦啦全收聚过来，威力比上次回村还要大，回头率绝对是百分之千百。麦龙要的就是这个效果，万人瞩目的感觉太美妙。只可惜化成灰烬躺在黑色骨灰盒里的麦龙永远也感知不到，回应这些目光的只有镶在骨灰盒上麦龙那张酷酷的笑脸。

　　是上海市人民政府的几个工作人员亲自送麦龙回村的。龙潭村有史以来，第一次有上海人踏入，龙潭村的人第一次真真实实地看到了上海人。

　　这些上海人说，在上海打工的麦龙，在街上看到几个歹徒抢走一个老太太的钱包。麦龙追了上去，与歹徒展开了搏斗，最后钱包抢回了，麦龙却身中数刀，最终因伤势过重抢救无效死亡。

　　上海市人民政府给麦龙追加了"见义勇为"称号，市长还亲自召开会议，号召全市人民向麦龙学习。麦龙他爹老麦龙抱着麦龙的骨灰盒，站在全村人的面前，头抬得高高的，背挺得直直的，只是那一夜之间白了的头，说不出的凄凉。

　　直到这时，村里的人才知道麦龙在上海根本不是学什么美发，麦龙在上海一个建筑工地做小工，上次回村那身行头是向一个工友借的。直到这时，村人们才记起麦龙还不到十八岁。

一只拖鞋

我说，你是猪脑子啊，怎么又把鞋拿错了？刚卸下义肢的男人，一条腿支撑着身体靠在院墙根下，一只手扶着墙壁，一只手拎着拖鞋，对着里屋的女人怒吼。

见里屋的女人没有出声，男人又扯着嗓子骂道，老子这条右腿残废了五六年了，你他妈的还记不住老子断的是哪条腿？每次都给老子拿错鞋，你是不是嫌老子残废没用了，想另嫁别人？

六年前，男人因为一次车祸失去了右腿。那时，他和女人结婚不到一年。因为残疾，男人找工作处处碰壁。几年过去了，他们的生活越来越困难，最后逼不得已求朋托友借了些钱，总算开了一个小水果店。哪想到，三个月过去了，赔多赚少，只好关闭了店门。屋漏偏逢连夜雨，那些债主上门逼债，赔着一张穷笑脸，送走这个，又迎来那个，都快把男人逼疯了。

男人骂完女人，又开始摔东西。先是把四合小院里的几个花盆摔了，接着把厨房里的锅碗瓢盆也砸得一塌糊涂。女人躲在里屋，抱着七岁的女儿，吓得不敢出声，任由男人折腾。

穷家陋舍，能有多少东西够男人摔砸的。不到一刻钟，该摔的不该摔的都被男人给毁了。

半晌，屋外没有动静了，女人这才牵着女儿从里屋出来。只见小四合院的院门敞开着，男人不知去哪儿了。看着满院的狼藉，女人搂着女儿泪流满面。

男人拖着沉重的义肢，一颠一跛地爬上了潮白河的河堤。站在河堤上，男人看着潮白河里起起落落的河浪，心情也起起落落的。河风吹过，男人的眼泪就有一搭没一搭地掉进潮白河里，瞬间不见了踪影。唉！这狗日的日子可怎么过呀……男人在心里骂道。

男人的身子向河面倾斜着，他轻轻地闭上了双眼。黑暗中，他仿佛看到了在前方有一个盛开着朵朵鲜花的地方在等他，那个地方只有芳香与快乐，那个地方曾无数次出现在他的梦里。他感觉自己要飞起来了，飞向那个向往已久的地方。就在这时，他猛然想起了女儿。女儿一直懂事得让他心疼。男人突然很想再去看一眼女儿。

傍晚时分，男人一颠一拐地走到了家门口。男人站在院门外，隔着虚掩着的门缝偷偷往屋里看。他只想看女儿一眼就走。

男人没看到女儿，却见女人弯着腰在打扫院子里那些被他摔碎的残渣。他不敢推门进去，他怕进去后，看到女儿那张圆圆的、红扑扑的小脸蛋，那他就再也没有勇气走上潮白河的河堤了。

唉……不看也罢。男人轻轻地叹了一口气，转身刚要离去，突然听到屋里传来女儿的声音：妈妈，我们把爸爸右脚的拖鞋扔了吧。男人马上停住了脚步，再次把脸凑近门缝。只见女儿拎着他的一只拖鞋从里屋跑出来，站到女人的面前。

傻孩子，为什么呢？女人直起了腰，看着天真的女儿。

爸爸的右脚没了，可是妈妈还是总给爸爸拿错拖鞋，我想，只要把爸爸右脚的拖鞋扔了，妈妈就不会再拿错鞋了，爸爸也就不会再生妈妈的气了。

女人怔了怔，猛地伸手打了女儿一巴掌。女儿"哇"的一声大哭起来。

站在门外的男人看到女人打孩子，急得刚想推门进去。却不料女人已经扔了手中的扫帚，一把抱住了女儿，呜咽着哭了起来。吓得男人伸出去的手又缩了回来。结婚这么多年，男人还是头一次看到女人哭成这样。

女人边哭边对女儿说：好闺女，你知道吗？不是妈妈故意要给你爸爸拿错鞋，而是这些年，妈妈始终没把你爸爸当残疾人，从来没有去想过你爸爸是一条腿还是两条腿。在妈妈心里，你爸爸有左脚，也有右脚……男人再也听不下去了，一把推开了院门，对着女人的背影，轻轻地说：她妈，我回来了。然后，轻轻地关上了院门，把沉沉的暮色关在了门外，也把河浪汹涌的潮白河关在了外面。

三月的烟花

三月。烟花。扬州。这些字眼曾在她的世界里，如同天边的云，缥缈而遥远。是一首歌，一首名叫《烟花三月》的歌。

第一次听到这首歌时，是与他相识的时候。那时候，不是三月，是初秋。初秋的微凉与微暖，好比她那时的心情。他就这样出现了，有些突兀，但给她带来了三月的心情。

他来了，这首歌也来了。他和她听着歌，在歌声里一起体会着快乐的音符，他问：你的城里，有没有我这样的好朋友？

她笑了，是他的幽默与风趣引发了她的笑。她说，没有。反问他：你城里有没有我这样的好朋友？没有。他说。然后两人一起笑了。

好朋友。多少年了。她不知道，好朋友是什么。想起朋友这个词，她脑海里只剩儿时的玩伴，而那些玩伴早就在她的回忆里走失了。社会的复杂，让她能相信的人与事也越来越少。存于闹市，行于世外。孤独便是她最好的朋友。

没遇见他之前，她始终相信她孤独的生命里，总会出现一个懂她、知她的人。那人会在一个注定的时间里，从书店、花街雨巷、河边、或是曲径通幽的园林小道里走来……她想过很多能遇见这样一个人的地方，就是没想过会遇见他，还是以这样一种她不以为意的方式遇见。

婚期临近，她有些恐慌。独居了这么多年，突然要和另一个人共享时光，她紧张中略有些害怕。自从第一次恋爱失败后，近十年她不曾触摸爱情。她被母亲逼在林林总总的相亲对象跟前，只是为了敷衍母亲。遇上阿尘，阿尘历经风霜的年纪，还有阿尘稳固的事业，及阿尘憨厚的性格，母亲说，不能再拖了，大小三十岁的人了，再不把你销售出去，就要过保质期了。

于是，她一点头，她这粒细小的尘埃便落到阿尘手里。

许是，太害怕，为了缓解婚前的恐慌。她悄悄地碰了网络，她碰网络，只是想以一个陌生的身份，在网上寻找些许轻松。听过很多网恋的故事，她不屑，她自认为自己的抗病毒的能力很强，在网络里狂奔乱跑，都不会出事。

是他攻破了她抵抗病毒的能力，她在他编织的友情网里，越陷越深。对他，她一直游走在信与不信的边缘，他许是看穿了，委婉地说：朋友是用来相处的，不是用来琢磨的。琢磨来琢磨去，会没朋友的。

不能琢磨，还是琢磨了。她反复琢磨他这句话，认为很有道理。在信与不信之间选择了信。

和他在一起谈天说地，真的很开心，也很合拍，这是从阿尘那里得不到的。阿尘在她面前永远只有一句话，喜欢什么就买，别给我省。接触了网络里的他后，她才发现，原来男人和男人真的太不同，好比两条路，阿尘是粗线条的铁路轨道，而他是曲径通幽的林间小道。上了阿尘的轨道，目的地明确到有些僵硬，她在阿尘直线条的话语里越来越找不到快乐的感觉，她甚至怀疑自己为什么要应下和阿尘的婚事；她迷上了他的山林小道，一路走来鸟语花香，每一个拐角的地方都有她意想不到的神秘风景，她在他幽默的话语里，一次次让眼角盛开灿烂，那点对他的戒备，一点点消失了。

谈到走出网络，他和她怕了。于是他们约定，倘若有一天，在三月的扬州街头相遇，他未娶，她未嫁，那么他们就在一起。

摸着手上阿尘为她戴上的订婚戒指，她的心一阵酸楚，到这时，她才明白，只要是爱情，不管是以什么方式遇见，只要产生了，就会揪心。网络里的她和他，好比只是天空中的两片云，或许某天，风来了，云就散了。她的心无比疼痛，为他，也为她。

婚礼如期举行，阿尘一脸幸福地为她戴上结婚的钻戒，吻她、对她许诺。她抬起头看天空，此时正是三月，她的脑海里全是《烟花三月》

的歌声，阿尘一脸憨厚的幸福表情，令她的心很沉重。她轻轻地摘下阿尘戴在她手上的钻戒，转身独自离去，像一片松散的云，任风把她和阿尘分崩离析，后会再无期。她现在才明白，他和她在网上那个约定，在产生的那一刻起，已经变成了毒药，深深地蚀进她的心里，无药可解。

几天后，她来到扬州城。是雨天，她一个人，打着雨伞，走在扬州城里，扬州城并非他和她想象中的那样，有雨巷、有小桥流水、有烟柳轻拂。如林的高楼、如水的车流，粉碎了她脑海中的他，她能看见的只是自己立在雨中的倒影。

你到底爱不爱我

我说，爸，我走了。我想，爸只要说一声，再在家多待一天吧。我一定会扔下行李，在家岂止是多待一天，多待两天都行。

可是爸没有。

爸说，你去吧。爸说这话的时候，捧着鸡食，在后院"咕咕"叫唤着喂鸡，顾不上我。

我不甘心，因为我一年没回家，我不相信爸对我一点留恋都没有。我怔怔地望着爸喂鸡的背影，半晌又说一声，爸，我走了。

爸回过头，用莫名其妙的眼光看着我，咦，你怎么还没走？

这回，我的心彻底凉了。转过身，把妈甩在身后，不回头，大步向村口走去。

火车站，我把去省城的车票改到天津。我决定去离家乡更远的地方，真正离开家，离开爸。

高中毕业后，我没考上大学，也不想复读。我问爸怎么办？爸说，你想怎么办？我说，我想去城里打工。爸说，那你去吧。

于是，我就去了。其实，那时候爸只要说一句，留在家里跟我种地吧，我想我一定会留下帮爸在家里打理那几亩地。然后过几年，找个家跟前的姑娘成家。

爸的不挽留，我只好收拾行李，和村里的小伙子们去城里打工，在一家厂里当车床工，一个月有两天的假期。

每月放假的这两天，我都回乡和父母团聚。每次回家，爸和妈不是在地里忙活，就是在田里。我走的时候，爸也只是简单地说一声，嗯，去吧。就忙去了，连送我到村口的时间都没有。

回到城里，每当夜深人静的时候，我躺在集体宿舍里看着天上的月亮想，我是不是爸的亲生儿子。若不是爸的亲生儿子，眉眼里又分明有我的影子；若是爸的亲生儿子，为何又对我如此冷淡？

后来，我把一个月回家一趟，改为两个月回家一趟，再改为三个月、半年……无论我多长时间回家一趟，爸的态度永远是那样，我回来，爸不迎接，也不欣喜；我走，爸不送，也不留恋。

一气之下，我辞掉厂里的工作，跑到离家较远的省城，在省城找了一个新的工作。新工作充满了挑战。新的环境，经常让没有方向感的我迷路，这时候我特别想念爸妈，尤其想念妈做的饭菜。在省城工作的那一年里，我拼命克制住想念家的情绪，一次没回过家，我想把离开家的时间拉长一些，这样爸就会对我生出想念与牵挂了。

结果没想到，我一年没回家，回到家，爸还是老样子。

到天津后，我给爸去了个电话，我在电话里对爸说，我到天津了。爸说，好。我说，以后我不常回来。爸说，好。我说，爸你有什么事，就打我的手机。爸说，我没事没事，你忙你的。我还想说点什么，爸的电话已经挂断了。

眨眼间，我在天津五六年了。每次放假同事们都回老家看望父母，我因为父母对我没多少牵挂，我对他们也没什么牵挂。同事们回家探亲，我主动跟公司申请加班。领导看我对工作负责，对我又是提拔又是加薪。渐渐地，在天津我有了自己的事业。

今年中秋，公司全体大放假。我打电话给妈，告诉爸我要回来看她们，我想五六年没回家，爸听到这个消息会很欣喜。然而，爸在电话那头淡淡地说，你在外面忙你的，家里不用你挂念。放下电话，我泪崩了。

真的不想回家，但看到同事们个个都回家了。我还是简单收拾下行李，踏上回家的列车。到了家，爸看到我回来，没有半分惊讶，劈头盖脸就是一顿数落，你这孩子，不是告诉你家里没啥事，让你忙你的，这回来一趟要浪费多少车费啊。

一定要家里有事我才能回吗？这是我自己的家，我回来看看不行吗？

从小就憋在心里的火，这一刻，实在忍不住，从心里喷出来了。

那一晚，我没理爸。第二天早上起来，我站在廊檐上，看见爸端着一碗刚煮好的米线，送给在村口摆摊的一个小摊贩吃。

我很纳闷，问妈怎么回事？

妈说，你去天津后的第二年，隔个十天半月，就有小摊贩来村口摆摊。喏，只要那个小摊贩来，你爸就叫我煮碗米线，他送去，然后和那个摊主聊聊天。

我说，为什么只给他吃？

妈说，因为他是卖天津大麻花的。

我顺着妈手指的方向看去，果然看见爸站和那个摊主有说有笑。摊主飘起来的幡旗上写着几个大大的"天津大麻花"。

瞬间，我读懂了爸这么多年对我的冷淡。原来爸不是不牵挂我，爸是不想让亲情，折断我飞翔的翅膀。

一杯温水

　　他感觉很烦。她也感觉很烦。他看着她烦，他不看着她也烦。她看着他烦，她不看着他也烦。他们都烦。烦为什么要认识对方，烦为什么要跟对方生活。从相爱到结婚再到现在，他拉着她，她跟着他，每天的日子就像是打印机里打印出来的，千篇一律。

　　"我爱你"这句三个字组成的话在油盐酱醋的浸泡里，虽然天天都从他的嘴里说出来飘到她的耳朵里，或者从她的嘴里掉出来，钻进他的耳朵里，可是这三个字组成的这句话无论是他说，还是她说，都在彼此心里激不起任何涟漪，甚至还不及一根头发丝扫到耳朵有感觉。

　　争吵。盐罐子打翻了，吵。醋瓶子不见了，吵。锅坏了，吵。钱被偷了，吵。赚钱了，吵。沙子眯眼了，吵。忘了父母生日，吵。孩子成绩不好，吵。吃饭吵，睡觉吵，就连做梦都在吵，吵吵吵……他们吵暗了星光，吵跑了月亮，吵醒了太阳，吵恼了风，吵怒了雨。日子，就在争吵中一天天地没掉了。

　　每一次的争吵过后，他说，累了。她说，累了。他说，不吵了。她说，不吵了。他说，对不起，我爱你。她说，对不起，我爱你。他们都在说着爱，可是他们心里比谁都清楚，他们都不知道要怎么爱对方。爱，也只是说说罢了。明天，依然。

　　突然有一天，风轻了，云淡了。他平静了，她安静了。他们都变成了空气，彼此看不见也摸不到，但又不得不呼吸的空气。他呼吸着她，她呼吸着他，彼此的呼吸越来越薄弱，他和她同时闻到了死亡的味道，他是她的死神，她亦是他的死神，他们离得好近，近到伸手就可掐死对方。死亡的恐惧感令他们想逃离。他看着她眼角的皱纹，竟是那么熟悉的陌生。她看着他臃肿的腰身，竟是那么熟悉的陌生。他们彼此对望着，用陌生的眼神交流，用心去体会什么是爱到不能爱的滋味。这种滋味在他们心内辗转了百次、千次，终于变成一句话，从他们的喉咙内破喉而出，他说，我们——离婚吧。她说——我们离婚吧。说完，他有些激动，她有些兴奋。就如当年他们说，我们结婚吧。是那么地向往，那么地迫不及待。

入夜，同一张床上，同一条棉被下的他们不再相拥而眠，背对着背的他们，互想着各自的心事，难以入眠。他摸着枕头底下那本红色结婚证，他想，明天，日子将不再重复今天。明天，今天之前的一切都结束了，他是他，她是她，他们无需联系在一起。明天，他的心内可以毫无顾忌地装下那个他心仪的女子，想到那个女子，他的心内漾起一层春水，那女子就是那春水中的涟漪，让他重获新生。明天，呵，多美的明天啊，他从来没有如现在这样盼望过明天，他在盼望中甜蜜地睡去。她摸着枕头底下那本红色的结婚证，她想，明天，日子将不再重复今天。明天，今天之前的一切都结束了，她是她，他是他，她们无需联系在一起。明天，她的心内可以毫无顾忌地装下那个懂她的男子，想到那个男子，她的心内漾起一层春水，那男子就是那春水中的涟漪，让她重获新生。明天，多美的明天啊，她从来没有如现在这样盼望过明天，她在盼望中甜蜜睡去。

他醒了，是因为她醒了。每每睡到半夜，她都会从睡梦中醒来，找水喝，这是她多年的习惯。他的床头柜上，放着一个保温瓶，每天临睡前，他都会装满温水。夜里，她渴醒了，只需轻轻碰他一下，他就翻身起来，倒一杯温水，递给她，看她喝完重新躺下去，他才睡下去。今夜，亦是如此。一切都像吃饭、睡觉那么自然。

天亮，起床。吃早饭，早饭是她做的。他吃得极其自然，第一次他和她这么安静地吃了一顿早饭。

出门前，他们都没有忘记枕头下的那两本结婚证。和每一次出门一样，他先走出家门，站在门外等她，她在门里往包里装东西，纸巾、雨伞等，最后她顺手拿起桌上的保温杯，保温杯里装着她新倒进去的温水，他每次出门，走不了多远，就口渴，这是他多年的习惯。因此，每次出门，她都会带着保温杯。今天，亦是如此。一切都像吃饭、睡觉那么自然。

去民政局的路上，他看着她手中的保温杯，竟是如此熟悉的温馨，他的眼眶有些湿润。她看着他湿润的眼眶，竟是如此熟悉的温暖，她把保温杯向他递过去。他伸出双手，去接她手中的保温杯，他与她的手隔着保温杯紧紧握在一起，彼此的心里暖暖的，就像保温杯里的温水。

小小剪刀剪啊剪

他喜欢剪刀，于是，他成了理发师。

他喜欢剪刀，跟苏晓影有关系。

他成为理发师，也跟苏晓影有关系。

苏晓影是他母亲。

他是单亲家庭长大的孩子，在他小的时候，他和苏晓影的生活过得非常艰难。艰难到，每次他头发长长，需要两块钱的理发钱，苏晓影都要把衣服口袋翻个底朝天。两块钱，在别人家可能只是两块钱，而在他和苏晓影的生活里，两块钱意味着四个馒头，一碟咸菜。

苏晓影摸着他乱草似的头发说，你要是个女儿该多好啊，头发长了，妈给你梳小辫子，这样，能省下不少理发钱呢。

他要是个女儿，岂止是省下理发钱，最重要的是，不影响苏晓影出嫁。

媒人给苏晓影介绍的对象，不管条件好与不好的，在见了苏晓影本人后，对苏晓影本人挑不出什么不好，人漂亮，老实本分，做事麻利勤快，娶媳妇不就要娶这样会持家过日子的女人么。但是只要介绍到苏晓影还一个儿子，对方之前风和日丽的脸，立即乌云密布，找出各种各样的理由，从苏晓影眼皮子底下消失。

在他小时候，经常无意中听到别人对苏晓影说，唉，那短命鬼，害苦你了，偏偏给你留下个儿子，要是个女儿该多好，这亲事也成了。别人口中的短命鬼，是他过早离开人世的父亲。

头发又长了，苏晓影又把全身上下的口袋翻个底朝天，要带他去理发店理发。他不去，苏影骂他死孩子。他说，死孩子不用剪发。苏晓影骂他混蛋。他说，混蛋的头发更不用剪。苏晓影拽他去，他跑。苏晓影追。他往右跑，苏晓影往右追，他往左跑，苏晓影往左追，他滑得像泥鳅，苏晓影逮不到。苏影喘着气骂，臭小子，今儿个老娘追上你，把你头剁下来！

苏晓影，你别追我，你追不上我。告诉你我不理发就是不理发。就是你把我头剁下来，我也不理发。

到底他还是个孩子。到底，苏晓影还是追上他。苏晓影的铁巴掌，雨点般落在他的屁股上，你个死孩子，我让你不听话，我让你跑，老娘拍烂你的屁股，看你还跑不跑。一下两下他还能忍住，多几下，他便鬼哭狼嚎起来，一边哭一边说，苏晓影，你这个蠢女人，你不讲义气。我留长发，还不是想扎起辫子，当你的女儿，让你好嫁出去，呜呜呜……苏晓影举起的铁巴掌在半空中顿停。再落下时，那只铁巴掌变成了温柔的缎子，覆盖在他的脸上、身上，继而温暖地裹紧他。

苏影搂着他，发出一声长嚎，哭得昏天地暗。

苏晓影哭够了，抱着他爬起来，从碗柜里，掏出一个瓷大碗，扣在他头上，抄起剪刀，咔咔嚓嚓，给他剪了个参差不齐的南瓜头。苏晓影一边剪一边唱，小小剪刀剪啊剪，剪出个胖小子让娘抱抱；小小剪刀剪啊剪，剪出个帅小伙来养娘……

从那后，苏晓影拒绝所有媒人上门介绍对象。从那以后，他爱上了苏晓影手中的剪刀，每次苏晓影把瓷大碗扣在他头上，听着那沿着碗边传来的咔嚓声，他的心里都响起无数个声音：长大后，当一名理发师。

长大后，他成了秦城最有名的理发师，每天找他理发的男人女人如浪潮，一浪又一浪。

他手中银色的剪刀像只蝴蝶，翩跹在客人们的头发上，他穿着紫色的长褂子，也像只蝴蝶，散发着好闻的洗发水味道，围着剪刀下的客人前后左右咔咔嚓嚓，咔咔嚓嚓……修剪着客人那三千烦恼丝，或长或短或烫或染，用他独特的审美观，及精湛的技术，整理出客人满意的发型。客人们进门前的心情是惆怅、沉重的；出门时顶着自己的新发型，心情

我在春天等你

是喜悦的，是轻松的，仿佛任何烦恼都没有了，仿佛任何一切都能从头开始，奔向一个新的生活。

别看他能别出心裁整出这么多发型，而他自己的发型，一直都是苏晓影剪的南瓜头，从小到大没换过。谈婚论嫁时，女友说，以后别让你妈给你剪发，换个发型，买个新房，搬出你和你妈的家，我就嫁给你。他说，发型我不换。发型师，我也不换。嫁不嫁我，你考虑。于是，婚事黄了。

这时候，苏晓影已经是个小老太太。小老太太苏晓影每天拎着保温饭盒按时按点，给他送饭来，饭菜每顿都做得不重样。他呢，也按时给小老太太苏晓影不重样地换着发型，让苏晓影成为秦城最美丽的小老太太。每次，他给苏晓影剪头时，他会一边剪一边唱：小小剪刀剪啊剪，剪出个美妇人是我娘；小小剪刀剪啊剪啊，剪出个老娘儿来养……

良玉桥

明子，写写我吧，你答应了的。我去乡政府送材料（我是马尾村会计），刚上拱桥，就被光棍汉白大话拦住了。白大话是马尾村唯一的闲散人。平时好吃懒做不说，还爱吹牛扯谎，在我们滇东老家，把吹牛皮叫作说大话。白大话本名叫白良玉，因太爱说大话了，村里人才都叫他白大话。

写你？你有啥可写的？我鄙夷地斜身与他错过。我是打心眼里瞧不起白大话。

白大话会缠上我，全因我一篇在市报上发表的文章引起。我把哑女茶茶照顾村里五保户的事迹写了，在市报上发表了。这篇文章刊登后，引起乡长的关注，乡长把全乡各村的村主任们召齐了，挨个发报纸，让他们回村后，在村广播里每天早晚广播一回，号召村民向茶茶学习。

那几天，村里的人，无论是谁见到我第一句话就是，明子，你狗小子的有出息了，笔杆子都摇到市里了，啥时候把我也写了，在广播里念念怎么样？每当这时，我都应着，好啊好啊，没问题。这本是玩笑，说的人，回的人都只当放了个屁，哈哈笑一阵，转眼烟消云散。独独白大话，跟我较上了真，缠上我了。

明子，你答应了的，算我求你了。白大话一把拉住我，不让我走。

我胳膊一扬，挣脱白大话满是羊骚味儿的大手。好，写你，你说你有人家茶茶那美好的品德吗？你做过一件好人好事吗？你说你哪些地方值得我写？我一连串的逼问，把白大话击得连连后退，他退一步我进一步，直到桥底下。

有啊，我有做过好事啊，就前几天……

得得得，少扯淡，你是不是要说，刘婶家丢的猪是你找到的，张嫂家掉河里的小狗崽是你救的？这白大话，当我傻子呢，谁不知道刘婶家的猪是他赶上山的，张嫂家的狗也是他扔河里的。

明子，这，这些你知道啦，那你赶紧写啊。白大话兴奋得两眼放光，接着又羞涩地说，茶茶还等着看哩。

什么？茶茶等着看？我被白大话的话绕进云山雾海，这写不写你白大话，跟茶茶有什么关系？

有关系，关系可大啦。茶茶说啦，只要市报上登了我，就嫁给我。白大话说完得意地甩一下手里的放羊鞭，好像茶茶真是他媳妇似的。

什么？茶茶嫁给你？我惊叫出声。茶茶虽又聋又哑，但也是个标致的美人儿，怎么可能会看上满身羊骚味儿，还好吃懒做的白大话？真是笑掉我大牙了。我突然想起，白大话本就是个爱说大话的人，立马收住笑，说，白大话，你给我让开，我没工夫听你在这里摆大话。说着一掌推开他，赶我的路去了。

明子，你答应要写我的，不能说话不算数啊。白大话的话在我身后，被河风吹散。写他？等我脑子进水了再说。我这次去乡里不光送材料，还要负责把给村主任刘叔家盖房子的施工队接进村里，刘叔的儿子在省城搞建筑挣了大钱，本想接刘叔去城里享清福，刘叔不想离开村子，他儿子只好派施工队来村里给刘叔盖楼房。

第二天，接到省城来的施工队，我因还有事没办完，就让施工队先去马尾村，我随后跟来。等我从乡政府赶回马尾村时，老远就看见施工队装满建房材料的大卡车停在拱桥下，周边还围了一大群村民。白大话站在拱桥上挥舞着羊鞭子，大声嚷着不让施工队的大卡车过桥。

白大话在桥上嚷，村民们都在桥下嘻嘻哈哈，跟看戏似的。

正好村主任刘叔也赶来了。刘叔推开人群，来到拱桥边，冲白大话怒喝道，白大话，你这是在干什么？

不干什么，大轱辘车不能过桥。

为什么？我问。

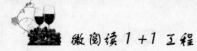

白大话又在说大话了，说大轱辘车会压倒拱桥。村民们齐声哄笑道。

我这一次没说白话，我敢用人头保证，这一次是说真话的。白大话嘴角唾液横飞，强力保证着。

切，你的人头要是保证得了，早给娃们当球踢了。村民们又哄笑道。

我走到白大话身边，说，白大话，你给我让开。白大话翻了翻死鱼眼，从嘴里干脆地嘣出两个字"不让"。

刘叔气急，派几个身壮体壮的村民上去，三两下就把白大话给架下桥。刘叔一声令下，大卡车司机一脚油门就上了拱桥坡。然而，还没开出五米远，这座不知道哪朝哪代就有的拱桥、连同大卡车，轰的一声掉进了龙潭河奔腾的河浪里，击起千层河浪。

不要……白大话大叫着，挣脱出去，还不等大家反应过来，他已经跳进龙潭河里去了。

白大话把落水的司机救上来后，自己却被一个河浪打翻在河里。村民们是在三天后，在龙潭河下游把他打捞上来的。这时的白大话，肿胀得真像一个大话，我望着他紧闭的双眼，那双闭着的眼睛好像在对我说，明子，写写我吧，你答应过的。

我在春天等你

两只燕子盘旋在窗外，叽叽喳喳叫个不停，仿佛在商量把家安在哪儿。

"我在春天等你，一个深爱你的人。"尚媛看着手机里这条短信，心中荡起一池春水。整个冬天，尚媛都被这条短信温暖着走到春天。

一年前，领导派尚媛去外地出差。刚到机场，还没登机，就晕倒了。送到医院，查出怀孕了，晕倒是因为血糖低。陪着尚媛在医院的同事，要打电话给尚媛的老公，尚媛拦住不让打。结婚两年，老公一直想要孩子，总是因种种原因没怀上。现在怀上了，尚媛决定给老公一个惊喜。

尚媛在医院输了两瓶葡萄糖，回到家，已是夜晚了。

尚媛怀着喜悦的心情，打开家门。尚媛的惊喜还没来得及滚出来，屋里反倒滚出两个光着身子的人，把尚媛所有的惊喜吓得灰飞烟灭。

尚媛头脑一片空白，僵直着身子倚在门框上，看着慌乱穿衣服的两个人，急促中，他们碰掉了挂在床上方的结婚照，哐哐当当，掉在地上碎成千万片。那是尚媛和老公唯一的结婚照。

尚媛在那些碎片里骇然倒下……

醒来后，尚媛就一无所有了，包括肚子里的孩子。更大的不幸是，尚媛有可能终生不孕。尚媛的老公，一直没露面。母亲哭泣着宽慰着她，尚媛看着哭得满脸是泪的母亲，有气无力地闭上双眼，任泪水无声地滑过脸颊。

尚媛不是那种事事都强求的女子。出院后，老公提出离婚，原因是她不能生育孩子。尚媛什么也没说，在离婚协议上签上字，搬回母亲家。

尚媛每天上班，下班，陪母亲买菜，偶尔也陪父亲下下象棋。在父母与朋友的陪伴下，尚媛渐渐走出了离婚的阴影。

这天，尚媛和朋友去饭店吃饭。饭店门口有举行婚礼的新人，尚媛一抬头就撞上了新郎的脸。那张脸是那样的熟悉，熟悉得足以让尚媛的大脑失去思维能力。新郎不是别人，就是她的前夫。新郎旁边的新娘高高拱起的肚子，更是让尚媛停止心跳。这样的画面，像一颗炸弹，硬生生地挤进尚媛的心里，又炸开了尚媛心里刚结痂的伤口。

尚媛捂着小腹，转身，迅速逃离。她的小腹，那里，再也不能孕育生命，想到这些，尚媛放声痛哭。

这个冬天，西北风裹着尚媛的泪水，刮得天昏地暗。

天真冷啊，冷得让尚媛感觉不到一丝温暖，人生的路，尚媛再没勇气走下去。她来到潮白河，想趁河面还没有完全冰冻前，把灵魂交给潮白河。

在上河堤前，手机响了。是短信。尚媛打开手机，陌生的号码，短信的内容只有一句：我在春天等你，一个深爱你的人。尚媛抬起头，看向四周。周围除了呼啸着的西北风，和寂静的河面外，空无一人。尚媛回拨过去，对方已关机。

我在春天等你。尚媛反复默念。会是谁呢？这个世上，还有谁会如此多情地牵挂她呢？想着想着，尚媛的脑子在寒风中清醒不少。一丝寒意袭来，尚媛感觉到无比的寒冷。寒冷让她彻底醒悟过来，是啊，还有春天啊，还有人愿意熬过严冬，在春天里等她。她突然觉得，她不能就这么把灵魂在这个冬天，交托给冰冷无情的潮白河。

尚媛投入到繁忙的工作中，暂时忘却伤痛。

寒冷的日子一天天过去，阳光一天比一天暖和。尚媛终于迎来了初春的鹅黄柳绿，她打开手机，看着那句"我在春天等你，一个深爱你的人"，冰冷的心也一点点回暖了。她曾打过几次这个号码，对方都是关机。

看着窗外呢喃的燕子，尚媛试着又发过一个短信：我想见你。没想到对方立即回复同意见面，约在潮白河堤上。

　　尚媛按约定的时间，来到河堤上，远远地就看见有个人影，站在河堤的最高位置。那是一个危险的位置，稍不小心，就会掉进刚冰雪消融的河里没了踪迹。尚媛屏住呼吸，加快脚步，走近，才看清，那不是别人，正是她的母亲。

　　尚媛走到母亲身边，问母亲怎么会在这里？

　　这时候，不知道父亲从什么地方钻出来，捧着一捧鲜花走到尚媛面前，对尚媛充满慈爱地说，媛媛，我和你妈妈一直在春天等你呀。

　　原来，自从尚媛搬回家后，父亲和母亲为了保护她，一直在暗中跟着她。那晚，在看到尚媛失去了生活下去的勇气，慌乱下，不知所措的两位老人才借了一个陌生人的手机，给尚媛发了那样的一条短信。

　　媛媛，原谅爸妈，我们不是故意要发那样的短信，爸爸妈妈只想你好好活下去。因为，你是我们的春天呐，我们想每个春天都看到你。母亲说着说着，眼泪就下来了。

　　尚媛含泪扑进父亲和母亲的怀里，搂着父亲和母亲，搂得紧紧的。河堤上，刚发出嫩芽的柳条随春风摇摆，远处一片片桃花开得正艳……

我是你爹

窗外，飘着雪花，腊月的寒风送来年的味道。牛老汉吸着烟袋，和老伴坐在暖炕上，翻出一个布口袋，布口袋里装着好几个用橡皮筋捆好的小布包。每个小布包上都有一个图案，是牛老汉用圆珠笔画的，一个圈是蛋，两个圈是黄豆，两只大耳朵是猪，两只脚的是鸡鸭……

老伴双手摩挲着布口袋，对牛老汉说，他爹，要不还是算了，别买了，行不？

牛老汉吐出烟嘴，瞪着老伴说，什么叫算了？我告诉你，这玩意儿，买定了。

老伴抱起布口袋，紧紧地捂在胸口说，他爹，这可是咱老两口这一年的收入啊，拿去买那劳什子玩意儿，值吗？

想儿子不？牛老汉吐一口烟圈，问老伴。

想。

过年想和儿子多说话不？

想。老伴隔着烟雾使劲点头，儿子儿媳妇一年只有过年那几天才回来，每次回来，她都没有机会和儿子儿媳妇好好说说话。

想就别废话，把钱给我。牛老汉伸手从老伴手里抢过布口袋，从里面抓出一个小布包，看小布包上画着两个圈圈，又把小布包扔回去，说，黄豆钱不多，留着开春买种子吧。老伴赶紧捡起来，攥在手心里，心花怒放，总算还留点儿。

牛老汉又从布口袋里拿出画着大耳朵的小布袋，那是卖猪的钱，三两下剥开，取出钱，哗啦啦数起来。老伴心里一紧，这钱花了，来年拿什么买小猪仔呀。

卖猪的钱，也不够。牛老汉一个个的剥开布口袋里的小布包，卖鸡卖鸭卖蛋的钱……全部取出来，哗啦啦地数。

老伴的心也哗啦啦地痛起来，唉，这钱都花了，遇上个头疼脑热的，打针吃药，上哪找钱去呀。

牛老汉捧着一堆零钞散票，一张张地数，数第一遍，不够，数第二遍，钱也没多出来一张，数多少遍，钱也没多出一张来。牛老汉急了，捧着钱，望着老伴说，他娘，还差四百，咋办？

咋办？都给你呗。老伴噘着嘴，把手里那个攥出汗水的黄豆小布包，甩给牛老汉。

牛老汉剥开黄豆小布包，取出钱，正好四百。总算凑够3800元啦。

牛老汉美滋滋地把钱塞进贴身衣袋里，挪下炕，穿上棉鞋，戴上棉帽，冲老伴咧嘴一笑，那我去了，再不把那个苹果买回来，儿子们就要回来了。老伴头扭一边，不看牛老汉。牛老汉扳过老伴的肩说，老婆子，你要想得通，只要过年儿子回来，能跟我们多说几句话，花多少钱都值。

是啊，只要能跟儿子多说几句话，花这点钱算什么呢。想到儿子，牛老汉的老伴鼻子酸酸的。

去年过年，儿子和儿媳妇回来得晚，年三十那天到的家。老两口，忙前忙后张罗了一大桌子年夜饭，一家人好容易围着桌子和和美美地边吃聊，牛老汉喝口小酒，润了润嗓子，打算和儿子好好唠唠，把这一年的思念和牵挂都唠出来。

哪知道儿子和儿媳妇，一人手里捏着一个宽屏手机，QQ、微信，语言视频、拍照片，忙得饭都顾不上吃一口，哪还顾得上和牛老汉老两口说话。

牛老汉和老伴孤零零地坐在一旁，看着对着个手机说不停，笑不停的儿子儿媳妇，好好的一顿年夜饭，冷了又热，热了又冷，一直吃到春晚谢幕，牛老汉也没和儿子喝上一口碰杯酒。

牛老汉问儿子，为什么那么喜欢划拉手机？儿子告诉他说，没办法啊，手机里有QQ，有微信，现在的人际交流主要靠这些。牛老汉从裤兜掏出他的手机，那你也给爹的手机弄个QQ，微信什么的，也和爹交流交流。儿子看着牛老汉花 200 元买的诺基亚笑了，爹你这样的手机不行，要像我这样的才行。儿子晃了晃手中的手机，儿子的手机像个小砖头，乌黑锃亮，还有一个被咬了一口的苹果图案。

整整一个春节，儿子儿媳妇，都忙着应付手机里的人，不停地划拉，不停地说话，不停地拍照，不停地对着手机傻笑，直到走那天，牛老汉老两口也没机会和儿子儿媳妇用嘴，面对面交流上几句话。

牛老汉记住了儿子的话：现在的人际交流，主要靠 QQ、微信。

牛老汉不懂什么 QQ，更不懂微信是什么。他只知道要和一年难得回来一次的儿子交流，就必须得有一个像儿子那样的手机。

儿子儿媳妇前脚走，牛老汉后脚就到镇上手机店，打听清楚，儿子儿媳妇那种有苹果图案的手机，叫苹果手机，最便宜的也要 3800 元一个。

3800 元。这个数字对牛老汉来说，无疑是天文数字，但想到拥有这个叫苹果的手机，就能跟儿子在过年的时候说很多的话，他豁出去了。

为了攒够这 3800 元，牛老汉和老伴这一年省吃俭用，连个鸡蛋都舍不得吃。

牛老汉直奔镇上的手机店，掏出钱，买好手机，迫不及待地让店员给他安装上 QQ、微信，让店员给他取了网名，再虚心地向店员学习怎么加微信、QQ 好友，怎么语言，怎么发相片。

年说来就来了，儿子儿媳妇也回来了，吃年夜饭的时候，小两口照常拿出手机，忙个不亦乐乎。正在他们盯着手机，忙得饭都塞不进口里的时候，小两口同时收到，一个叫网名叫"我是你爹"的附近人，发来的语音消息：我是你爹，有空聊会儿不？

大 哥

大哥是城里来的，大哥没来乡下前，是个什么局的局长。局长是什么官，福深不知道。福深活了近五十岁，见过的最大的官就是乡长。

大哥是市政府的领导派到福深村里的，说是来扎根基层锻炼的。

大哥拎着行李来了，村主任在大哥没来之前就安排好了大哥的住宿。

村主任把大哥安排在村里富裕的屠夫胖三家，胖三家为了接待好大哥，连夜找人重新装修了一间屋子，摆满各种鲜花，还买了宽大的席梦思，铺上真丝床被，弄得跟皇宫似的。

村主任和村民们前呼后拥地把大哥领到胖三家，胖三拿着香烟，点头哈腰，一脸灿烂地迎了出来，邀请大哥进屋。大哥停住脚步，抬起头从上到下把胖三家五六层的大洋房打量了一遍又一遍，最后目光落在胖三家旁边，福深家的小平房上。

大哥指着福深家土砖盖的小平房说，领导让我下乡来锻炼的，又不是让我来享福的，你们让我住这么好的房子，怎么锻炼呢？啥也别说了，就住这家吧。

大哥说完，大步流星地拎着行李，往福深家门前走。不知道是福深家的门框太矮，还是大哥太高，大哥在跨门槛时，头重重地撞在门枋上。

大哥进来时，福深两口子正在臭烘烘的牛圈里起牛粪。大哥揉着撞起包的额头亲切地招呼福深，老乡，我下基层这期间就吃住在你家可好哇？

大哥说着，就伸出手，要和福深握手，福深把双手往衣襟上、裤子上擦了又擦，这才畏畏缩缩伸出他青筋暴露的老枯手。大哥的手真暖、真软，福深紧张的心扑通通直跳，当年第一次握媳妇的手也没这么紧张过。

就这样，大哥住在福深家。

福深跟着村主任叫大哥方局长，大哥问福深出生年月日，福深说了，大哥惊喜地说，呀，我和你同年同月生，你还比我小一天哩，以后就叫我大哥吧。

福深赶紧摆手，使不得使不得啊。

大哥说，是不是看不起叫我声大哥？

福深赶紧摇头，说，不是不是，是我高攀不起。

大哥说，你要不叫我大哥，我马上走。说着就起身。

福深赶紧拉住大哥，脆生生地叫了一声，大哥。

这一声大哥，叫得福深心里那个甜啊，心里一甜，人就神气起来了。

神气起来的福深首先把他的神气用在老伴身上，老伴经常埋怨他，说他穷得叮当响，狗屁福气没有，还好意思叫福深，还指着胖三家的大洋房埋汰他没本事，有了这样一个大哥，现在他可以连本带利地跟老伴清算回来了。

老婆子，瞧见没，要不是我这破屋，大哥怎么肯住咱们家来？这说明什么，说明我就是一个福气深的人，你就等着跟我过好日子吧。福深把老伴说得哑口无言，又乐出一脸的皱纹。

福深接下来把神气都用在村里人的身上，他去菜园子拔几根大葱，只要见到人，就呵呵笑着说，这是我大哥爱吃的大葱。因为穷，平日里在村里，谁也看不起福深，现在不一样了，有了这样一个大哥，村主任和村每一个见到他的人，都殷勤地一脸灿烂地跟他打招呼，就连平时看见他，鼻孔都翘到天上的胖三，也特意找着他散香烟。

有大哥真是好啊，上面这些只是大哥带给福深无形中的好，大哥还给了福深更实实在在的好。

大哥不光与福深同吃同住，还扛着锄头和福深一起下田下地。每天很早起来，把场院扫得干干净净；福深牛圈里的牛粪，大哥挽起袖子跟福深一起挑牛粪。福深看着大哥白花花的手上，不是血泡子，就是臭烘烘的牛粪，几次感动得眼眶湿润，大哥不光是个好大哥，还是老百姓的好官啊。

半个月后，大哥圆满完成下放基层锻炼的任务，要回城里了。走的时候，大哥拉着福深的手，抹着眼泪，久久不肯撒手，福深和老伴也抹着眼泪，舍不得大哥走。大哥拍着胸脯对福深说，我们虽不是亲兄弟，但这半个月同吃同住同劳作，感情胜过亲兄弟，以后咱们兄弟俩要常来往啊。

大哥走了，福深每天都盯着电视看，电视是大哥自己掏钱买了送给福深的。福深看电视，只锁定本市的新闻频道，因为大哥几乎每天晚上都会出现在电视上，大哥回去后，官运亨通，平步青云，从副区长到市长，仅用了三年的时间。

大哥每升一回职，福深就会在村子里，大声嚷嚷：

我大哥当副区长啦。

我大哥当区长啦。

我大哥当市长啦。

才开始，村里人都投来羡慕的眼光，纷纷向他道喜。

后来，他再嚷嚷，村里人都烦了，因为三年来，村里人谁也没见过福深当市长的大哥来过福深家。

村里人又恢复了以前看不起福深的嘴脸，福深不去理会，他只当村里人对他是羡慕嫉妒恨。依然每天守着电视，美滋滋地看着他的市长大哥在电视上，天南地北地考察；依然见人就嚷嚷，他有个市长大哥。

突然有一天，福深在电视上看见大哥因贪污受贿入狱的画面，福深使劲揉着眼睛，不敢相信那个穿着囚衣，低着头接受审判的人是他的市长大哥，但是，他就算把眼珠子揉下来，那个穿囚衣的人还是他的市长大哥。

从那天后，福深家的电视再没打开过。福深每天走在村里，弯着腰，低着头，不跟任何人打招呼。

与猪有关的故事

天还没亮透，熊四娘就起床了。一连好几天，熊四娘都睡不踏实。昨天去湾镇上背酒糟，听细伢子说，老黑家的四头大肥猪也染上猪流感，给拉走了。老黑媳妇哭得比死了亲娘还伤心。

大半个月了，湾里好多猪都先后染上这病。平时，猪染病了，叫兽医细伢子打一两针就好了，哪知道这次任凭细伢子医术再高明，也没能救活一头猪。一时间，湾里上上下下都处在恐慌中。

熊四娘起来的第一件事，就是拿根电筒去猪圈里看她的大肥猪。手电筒的光在猪圈里扫了一圈，最后落在那头白花花的大肥猪身上。大肥猪睡得正香，哼哼叽叽有节奏地打着鼾。熊四娘顺手绰起猪食棒，伸进圈里捅了捅，大肥猪受了惊吓，摇着肥肥的屁股爬起来，嗷嗷叫着在猪圈里打转。

熊四娘看着活蹦乱跳的大肥猪，满意地笑了笑，边笑边自言自语，宝贝啊，再有三两月就过年了，你可不能染病啊。熊四娘一高兴，就把半桶玉米面混着昨天刚背回来的酒糟一并倒进猪食槽里。大肥猪闻到酒香味，更精神了，欢叫着把嘴插到食槽里，吧唧吧唧地拱吃起来。熊四娘趁大肥猪吃得欢实，伸手摸了摸大肥猪，这才关上圈门，背着竹背箩，下了廊檐。

年近六旬的熊四娘每天天麻麻亮，都要拄着棍子走在高低不平的石板路上，到几里外的湾镇上背酒糟，这个习惯坚持了四年。自打老头子过世后，熊四娘就一个人住在湾里的三间小瓦房里。熊四娘有一个儿子，早年就出去打工了，除了老头子过世那年儿子回来过，一晃四五年了，儿子一次都没回来过。

在湾里，每年刚进腊月，湾里的人家就陆陆续续在河岸边垒起土坯灶，架上大黑锅，烧上一锅滚烫滚烫的水，热热闹闹地宰杀起过年猪来。熊四娘每年在湾里看到这些热闹的场面，心情就很难平服。

熊四娘有个心愿，希望儿子过年能带着媳妇和孙子回来，一家人也杀个过年猪，和和美美地过个团圆年。她几次去电话，儿子总说工作忙走不开，今年推明年，明年推后年。熊四娘只好天天盼着，等着。这一盼一等，熊四娘养的那头过年猪就死皮赖脸地活了四年。

熊四娘拄着木棍子到湾镇时，天才彻底亮。还没走到酒房，就遇到背着药箱子匆匆赶路的细伢子，细伢子，你这急三火四地要去哪啊？熊四娘拦住了细伢子。

湾里老孟家的猪染病了，喊我去看看。估计去了也是白去，今年这猪病不好治啊，一染上非死不可。

哦，你快去，别给人家耽误了。熊四娘说着让开了路。

细伢子刚走没几步，回过头来，看到熊四娘背上的竹背篓，就说，四娘啊，你还来背酒糟喂猪？

是啊，我那猪天天要吃酒糟，你又不是不晓得。熊四娘很奇怪细伢子这么问她。

唉，我说四娘啊，趁你那猪还没染病，赶早卖了吧，兴许还能得点钱。

不卖，这猪是养了过年的。熊四娘摇着头说。

四娘啊，你怎么就这么固执呢？你没看新闻吗？连电视上都说我们这地方是患猪流感最严重的地方，早卖早省心啊。细伢子说完，就叹着气继续赶路了。

细伢子的话让熊四娘半天回不过神来。一时间，她不知道该怎么办了，她不想卖猪，可是不卖这湾里猪流感这么严重，恐怕等不到儿子回来猪就染上病了；卖吧，还有三两个月就过年了，儿子要是回来了，不能不杀猪过年啊。这可怎么办啊？就在熊四娘一筹莫展时，湾里杀猪的张屠夫从熊四娘身边经过，熊四娘突然有了主意。

几天后，熊四娘在广州打工的儿子在邮局取出一个沉甸甸的纸箱子。熊四娘的儿子抱着这个纸箱子，满腹疑惑地回到住处，和媳妇一起打开，原来是一箱腌制得黄灿灿的腊肉，腊肉特有的香味从纸箱里飘散出来，直往儿子鼻孔里钻，儿子吞咽着口水，对媳妇说，快快煮上，好几年没吃这样的腊肉了，可得好好解解馋。

媳妇鼻子哼了一声，先别想着吃，你说这不年不节的，妈给我们寄腊肉干什么？

熊四娘的儿子眨着眼睛说，是啊，不年不节的，妈给我们寄腊肉干什么？

媳妇说，干什么？你没听新闻说咱老家那地方闹猪流感很严重吗？肯定是妈养的猪病死了，她舍不得扔，腌成腊肉给我们寄来了。

第二天，清扫垃圾桶的清洁工在熊四娘儿子门外的垃圾桶里铲出一个沉甸甸的纸箱子，扔进了装垃圾的车子里，运走了。

通往年的路

坝子里要修公路，村主任号召大家捐款，李老汉不仅把他一生的积蓄都拿出来捐了，还天天跟着修路队义务挑沙灰、搬石头，整天累得腰酸背疼。大家都不明白一大把年纪的李老汉为啥这么积极。其实，这一切都要从五年前说起。

五年前春节前夕，李老汉叫儿子回家过年。李老汉的儿子在北京打工，几经拼搏，在北京买了房买了车，还娶了个北京姑娘。那年腊月，李老汉的儿子在李老汉老两口的再三请求下，带着新婚的媳妇回家过年。

儿子是开车回来的，一路风风光光，算是衣锦还乡。然而，李老汉的儿子只能把车开到乡集上，再往前开就动不了了。从乡集到坝子里，除了一条蜿蜒、逼仄的石板路外，没有其他路，这条石板路是坝子里通向外界唯一的路，路两旁是深深的水稻田。秋收后，坝里人家都没有放干田水，在田里养鸭子。

车子不能开到家门口，只好在乡集上找个地方停下。李老汉老两口背着儿子儿媳妇的行李包，领着儿子儿媳妇上了石板路，往坝子里走。哪知道，这北京来的儿媳妇那双脚和别人不一样，她双脚刚踏上石板路，就一步三摇晃，晃一下就像遇见鬼似的叫一声，叫声惊得田里的鸭子"嘎嘎"地乱叫乱扑腾，也惊得李老汉老两口心尖子直打战。寒冬腊月，李老汉老两口头上冒出豆大的汗珠，生怕如花似玉的儿媳妇掉进稻田去。没走出多远，儿媳妇气喘吁吁地坐下不肯走了，说这是什么鬼地方啊，连个路都没有，早知道就不来了。

李老汉的儿子只好背着媳妇走。没想到，才走几步，与迎面来的一个人错身时，不小心"扑通"一声摔进稻田里，弄得满头满身都是泥水。儿媳妇趴在稻田里哭得稀里哗啦，像受了天大的委屈，拉上来后，颤抖着身子，闹着要回北京。李老汉和老伴儿一个劲地赔礼道歉，好话说了一大堆，才把儿媳妇迎回家。

第二天，天还没亮，儿媳妇就收拾东西，执意要回北京，任李老汉老两口怎么留都没留住。儿子启动车子时，李老汉怯怯地问，儿啊，明年回来不？儿子看看父亲，又凝视着那条石板路，什么也没说，只是轻轻地叹了口气。儿媳妇在一旁催促着，快走啊，这个鬼地方连条路都没有，我一分钟都不想待。儿子一踩油门，眨眼的工夫就从李老汉的视线里消失了，只留给李老汉一股烟雾。这个年，李老汉一家到底没团圆上。

从那以后，李老汉的儿子儿媳妇就再没回来过。每到过年，李老汉明知儿子不会回来，但还是抱着一线希望给儿子打电话，叫儿子回来过年。每次儿子都推诿着，不是说忙就说车票买不到。李老汉说那就开车回来，儿子说，开车回来？您老说得轻巧，车我倒是有，路呢？没有路我怎么回来？

儿子说着一口字正腔圆的北京话，让李老汉听着好生陌生。李老汉想不明白，儿子能从这条石板路上走出去，难道就不能再从石板路上走回来吗？想不明白的李老汉心里就生出把石板路变成公路的梦想，他认为要想儿子儿媳妇再回来，只有把石板路变成公路。如今，这个梦想真的要实现了，李老汉能不全力以赴吗？

腊月刚过，一条崭新的公路环绕在坝子里，像一根漂亮的绸缎，在坝子里熠熠生辉。公路已经正式通车，一些在外打工的人也陆续回来了。李老汉叼着烟锅子，来回走在这条宽敞的公路上，神态安详，一脸幸福，他看着公路上一辆辆驶过的车子，还有从外面回来的人。突然想起，这几个月忙着修公路没和儿子通电话，儿子还不知道坝子里修好了公路。

李老汉打通儿子的电话，不等儿子出声，李老汉就急急慌慌地说，儿啊，坝子里修通公路了。今年回来过年吧，车子可以开到家门口了。带着你媳妇，还有我那没见过面的小孙子一起回来吧，我已经在厕所里装上城里人用的马桶，你妈做了蚕丝被，床单、被罩都换成新的，碗筷也是新的，你媳妇这次回来肯定能住习惯……

李老汉话还没说完，儿子在电话那端打断，爸，我做生意赔了，车子卖了，没有车今年过年就不回来了，等有了车再回吧。李老汉两眼一黑，捏着话筒差点没倒下，稳了稳神后悠悠地说，不管咋样，过年回家吧，我和你妈等你们回来。李老汉说完，不等儿子再说什么，轻轻挂断电话。

年三十这天，李老汉和老伴儿早早地煮好腊肉，蒸好年糕，只等儿子儿媳妇们一回来就可以吃团圆饭了。李老汉坐在门口，嘴里含着烟锅子，吐着烟雾，看着新修的公路上来来往往的人和车子，听着起起落落的爆竹声问坐在身旁的老伴儿：

腊肉煮好了吗？

煮好了。

年糕蒸熟了吗？

早蒸熟了。在锅里温着。

碗筷摆好了吗？

摆好了，都是新的。

……

……

当归酒

父亲有两个爱好：坐茶馆、喝酒。

在他老家，坐茶馆即是玩纸牌。父亲只要往茶馆一坐，纸牌一捏，可以坐到朝霞变晚霞、月亮变太阳。倘若运气好，赢得几个小钱，父亲会去镇上的老酒坊打二斤包谷酒，哼着川剧，走一步喝一口地回家。

父亲的两个爱好，不仅虚混掉自己的半生，也把他推上命运的风口浪尖。

十七岁那年，他考上大学，家里没钱供他继续求学。他没有怨命运不公平，毅然拎起行李，踏上打工之路。大江南北，辗转了很多地方，他就像天上的云，水中的浮萍，无依无靠地漂泊在异乡。他把打工挣来的钱，全寄回家中，为父母盖了新房。直到娶妻生女后，他才在北方一座小城停留下来。

把父母、妻女安顿好后，他才发现自己离开家竟然已有五六年了。这年春节，他特别想念家，想念父亲。他决定领着妻女回家与父母团圆。没想到，南方遭遇了百年难遇的大雪灾，好多交通路线都被阻断，车票、机票都买不到。

妻忧心地问，这家，还回么？他斩钉截铁地说，回。开车回去。他开着车，带着妻女踏上归途，路过烟酒店时，他特意进去为父亲买了箱当地产的白酒塞在后备箱里。

一路上，雪花漫天飞，路面上结了冰，车子只能走走停停。快到家乡时，遇到高速封路，堵了一天一夜的车。他的双脚冻麻木了。妻子想拿后备箱里的酒给他揉揉，他坚决不同意，说那是特意带给父亲的酒，不能糟蹋。

归心似箭的他终于在年三十这天回到家中。可是，他却没见到父亲，母亲告诉他父亲又去坐茶馆了，晚上才回。他知道父亲坐起茶馆来雷打都不动，但是，他好几年没回家，父亲怎么就不在家等他呢？父亲是知道他要回来的，难道父亲不想他？他心里有些埋怨，但想到晚上就能见到父亲，他还是很高兴。

夜幕降临，家家吃团圆饭的爆竹声已响起。他把带回来的酒打开，爆竹挂好，只等父亲回来，点燃爆竹，就吃团圆饭。然而，直到酒香散尽，饭菜凉了，父亲也没回。他的脸色越来越不好看，母亲和妻子陪着小心，用很多个"也许……"为父亲的不归开脱着。他在那些个"也许"里，从年三十一直等到大年初二的清晨，父亲才哼着小调，满嘴酒气地回到家。

父亲笑呵呵地看着他说，儿啊，爹回来陪你喝酒，你给爹带的酒在哪儿呢？他看着父亲，眼里流出两串冰凉的泪水，这么多年在外面再苦再累，他都没有流过一滴眼泪。他转过身拽着妻女，不顾母亲的阻拦，开着车决然离去。父亲酒醒了一大半，追着他的车喊，儿啊，你不要走，你带回来的酒还没和爹喝呢。他没停下车，伸出头冲父亲吼，你自己喝吧。

从那后，他除了照常给父母寄钱外，再也不愿回老家。那年他流下的眼泪，已经把父亲彻底冰封在心里。

春去秋来，又是几年过去了。一天晚上，妻在饭桌上和他说起过年的事。妻说，今年回吧。五年了，也该回了。他狠狠地白了妻一眼说，不回。良久，妻又说，父亲今年满六十岁，是不是应该回去给他老人家做大寿？他突然停住筷子，抬起头看着妻。妻放下筷子起身，从储物柜拿出一瓶酒，给他倒满一小杯酒。

妻很讨厌他喝酒，从来不会主动给他倒酒。他很纳闷地接过妻递来的酒杯，喝了一小口，这酒的味道和以往喝的酒不一样，有一股淡淡的药香，入口清凉、甘醇。他狐疑地问妻，这是什么酒？妻平静地说，这是父亲托人捎来的酒。那年你生气离开后，父亲很自责，他把你带回家

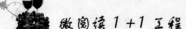

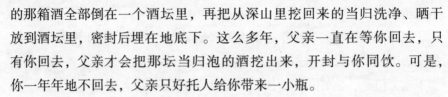

的那箱酒全部倒在一个酒坛里，再把从深山里挖回来的当归洗净、晒干放到酒坛里，密封后埋在地底下。这么多年，父亲一直在等你回去，只有你回去，父亲才会把那坛当归泡的酒挖出来，开封与你同饮。可是，你一年年地不回去，父亲只好托人给你带来一小瓶。

这时候，五岁的女儿指着电视屏幕上的燕子问妻子，为什么电视上说冬天来了，燕子就要飞往南方？妻抱起女儿说，宝贝，那是因为南方暖和，燕子到南方过冬呀。女儿说，那燕子什么时候回来呢？妻说，等到来年冰雪消融时，就是燕儿归来时。

他在妻与女儿的对话中慢慢品尝着父亲用当归泡的酒，这当归酒真是暖心暖胃。他感觉有些热，起身走到阳台上，看着窗外闪烁着的万家灯火，悠悠地对妻说，过几天再去买几箱酒。妻诧异而又惊喜地问，你想？他说，回家，宴请亲友，给父亲做六十大寿。

1000只乌篷船

雪儿每天放学后，都要用五彩纸叠只乌篷船。妈妈说，每天叠1只，叠够1000只就来接她。

雪儿坚守着这个约定，日日夜夜，夜夜日日。

雪儿爸妈在雪儿五岁时，出去打工，就再也没回来过，年幼的雪儿和奶奶生活在一起。雪儿想爸妈了，只能去村小卖部抱电话机。村里还有很多孩子和雪儿一样，想爸妈就去抱村小卖部的电话机。

松子那家伙说，这部电话机，是咱们大家的爸爸妈妈妈。大家都笑，笑得酸酸的。

松子的爸爸妈妈在北京打工，松子和雪儿一样，每隔几天就要来抱着这部电话叫爸爸妈妈，必要的时候，还紧抓话筒哭得稀里哗啦。村里爸妈在外地打工的孩子，都对这部电话机哭过。

雪儿也哭过。

雪儿说要去找妈妈。妈妈不同意，雪儿就哭了。

雪儿要去找妈妈是有原因的。

暑假的时候，松子的爸爸回来接松子去他打工的北京，玩了整整一个暑假。

松子回来后，神气得像只大白鹅，伸着脖子，到处嘎嘎叫，说他去了天安门，瞻仰了水晶棺里的毛主席，坐了比火车还快的地铁，吃了王府井的小吃……谁要是不信，他就魔术般地掏出一张相片，给大伙儿看。相片上，松子像笑得像油炸花生，松子的爸爸妈把松子拥抱在中间，一人一边亲着松子黑炭似的脸，他们背后果然是大家做梦都想去的天安门。

松子的全家福在小伙伴中间传来传去，招来羡慕，也招来嫉妒。雪儿羡慕松子。小芬嫉妒松子。小芬把松子的相片扔给松子，噘着嘴巴说，有什么了不起的，下个假期，我就让爸爸接我去他们在的深圳。

雪儿以为小芬只是说说，哪知道，假期一到，小芬的妈妈真的来接小芬去深圳。接下来，其他小伙伴也陆陆续续去了各自爸妈打工的城市，西安、厦门、昆明、宁波、内蒙……唯独雪儿的妈妈没回来接雪儿。小伙伴们回来后，都拿着一张各地为背景的全家福，美滋滋地讲着外面的所见所闻。每次小伙伴在讨论着各自的见闻时，雪儿都安静地退到角落里。

松子说，雪儿的妈妈不爱雪儿，所以才不回来接雪儿去玩。

雪儿和松子吵起来。

雪儿说，我妈妈爱我，我妈妈不来接我，是因为工作忙，没有时间。我妈妈在的地方是江南第一水乡周庄，周庄是古镇，历史悠久，比你爸妈待的北京美一万倍。那里的房子都建在碧绿的水上，人们可以在河里摇着乌篷船，唱着江南小调，看岸上的杏花烟柳，还有白墙青瓦的大宅院上挂着的一绺绺的，红柿子似的红灯笼……

松子打断雪儿，你就吹吧，吹得跟王母娘娘的仙境似的，有本事你去那儿拍张照片回来，让我们见识见识。

雪儿一下子泄气了。

再接到妈妈打来的电话，雪儿就哭着闹着要去找妈妈。妈妈虽然没同意来接雪儿，但是给雪儿寄来一包东西，有衣服，有漫画书，还有一包五彩纸和一封信。

妈妈在信里说，只要雪儿用这些五彩纸叠够 1000 只乌篷船，就来接雪儿去周庄。最后，妈妈在信里说，雪儿，你记住：一天只能叠一只，不能多，也不能少，多了，或是忘了，就不灵了。

从那以后，雪儿每天叠只乌篷船，今天绿色，明天红色，后天黄色……红黄绿蓝紫，天天这样轮流着叠下去，时间也在雪儿的手里翻翻叠叠，过了一个又一个春夏秋冬。雪儿喜欢坐在龙潭河畔上，一边叠纸船，一边看水中自己的倒影，幻想着周庄的样貌。

990、991……950，哈，终于只差五只，也就是说再有 5 天，雪儿就完成了和妈妈的约定。五天后，正好赶上学校放暑假，只要妈妈一回来，雪儿就可以跟妈妈走了。雪儿恨不得马上把剩下的 5 只补上，但是一想到妈妈在信里的叮嘱，雪儿又不敢，她怕这样做了，真不灵了。

放暑假那天，雪儿正好叠够 1000 只乌篷船。按照之前和妈妈的约定，这天妈妈一定会打电话来。雪儿怀抱 1000 只乌篷船，怀抱着 1000 个日日夜夜的思念与等待，从骄阳似火的中午守候到夜凉如水的晚上，直到小卖部打烊，也没等来妈妈的电话。

那晚雪儿躺在被窝里，搂着她叠的乌篷船，为妈妈不来电话想出很多个也许，也许妈妈上班忙没空打电话？也许妈妈出差在另一个外地？也许妈妈已经在回来接她的火车上……就这样雪儿带着这些"也许"进入了梦乡。

雪儿梦见爸爸妈妈带她畅游周庄古镇，她们走在白墙青瓦的古镇巷里，雪儿一会儿牵着妈妈的手，一会儿和爸爸在大宅院里捉迷藏，或是到河里乘坐乌篷船，那可是真的乌篷船

雪儿和爸爸妈妈坐在船头，一起把她叠的 1000 只乌篷船轻轻放进河里，碧绿碧绿的河水载着雪儿的乌篷船，穿梭在周庄古镇的倒影里，和同样映进水里的一缕缕红柿子似的红灯笼，戏耍着。爸爸妈妈不停地抱着她合影，有白天的，也有夜晚的，在她们的身后，是古老而静谧的周庄，相片上的雪儿笑得比周庄夜空上的烟花还灿烂……

无路可逃

　　大清早，玉拎着喷壶，在阳台上浇花。玉其实不想浇花，玉想逃。因为，有个人一会儿要来找玉，这个人玉不想见。

　　门，在那儿。只要玉拉开，就可以逃出去。可是这是玉的家，玉逃出这道门，又能逃到哪儿去？哪又能容下玉？

　　玉想哭。又哭不出来。玉哭不出来，就拎着喷壶到阳台上浇花，一壶又一壶地浇。从喷壶里喷洒出来，落在花草上的水珠，仿佛是玉哭不出来的泪珠，怎么流也流不完。

　　昨晚玉家的电话响了，电话里的人说，玉，救救我们吧……这个声音一响起，玉的脑袋就炸了，炸成糨糊。玉数不清，这个声音在多少个清晨夜晚，夜晚清晨从她家的电话机里，滚进她耳朵里。

　　这个声音的主人是玉的大哥。玉的大哥是个农民。玉的农民大哥还有个儿子，也是玉的侄子。侄子初中毕业，没考上高中，不愿意复读，也不愿意在家种地。

　　大哥求玉，让玉在城里给找个工作。玉求爷爷告奶奶，给侄子找了个小区保安的工作。侄子干几天，跑回去跟玉的大哥闹，保安，说白了就是城里人的看门狗，这工作谁爱干谁干去，反正我不干。

　　就这么，不去了。天天在家睡到日上三竿，摔盆砸碟。玉的大哥看着这么个活祖宗，打不是骂不是，唉声叹气地去看玉。

　　大哥给玉拎了两只鸡，一捆大白菜。鸡很肥，菜很新鲜。玉的大哥却蔫头耷脑，玉问大哥咋了？大哥叹，唉，还不是你那不争气的侄子气人，书呢书念不好，田呢田不会种，好吃懒做的干啥啥不成。怪谁呢？

怪只怪大哥是个大字不识的农民，没啥门道给这不争气的找个好工作。

玉看着捆在地上乱扑腾的鸡，还有滴着露珠的菜。平日里，大哥省吃俭用，不到过年，哪舍得杀鸡吃？大白菜，虽说是自家种的，哪顿吃的不是挑到集市卖，没卖完的剩菜？大哥是农民，农民生活苦，玉知道。大哥的一番话让玉心里五味杂陈。大哥其实可以不当农民，也上学，当城里人。可是大哥上学去，家里的农活没人做，农活没人做，家里吃什么？玉拿什么上小学，上中学，上大学，到城里当城里人呢？大哥对玉有恩呐，玉不能忘本。何况大哥是玉的亲大哥，血浓于水。

玉送走大哥后，花了四五千，买了盒老参。去找同学，同学是城里饭庄老板。玉想了，要让侄子有出息，就得让侄子学门手艺。玉在同学面前，说尽好话，同学才留下玉拎来的礼品，同意让玉的侄子来饭店学厨，工资照开。

去城里饭庄学厨，还有工资。这份工作，确实让大哥和侄子兴奋。玉看着侄子高高兴兴地去上班，玉心里也舒坦，还在心里盘算着，少买点衣服、化妆品，能省多少省多少，等侄子学成手艺后，给侄子在城里开个饭店，先从小饭店做起，慢慢做成大饭店，挣了钱，在城里买房，再把大哥大嫂也接到城里来过过城里人的日子……

玉的梦还没醒，大哥给玉打电话，大哥的嘴是机关枪，说出来的话，是一枚枚子弹，把玉的梦扫射得千疮百孔。

玉还记得，那天也是一个大清早，玉拎着一套新衣服，刚要出去。新衣服是给侄子买的，玉要去看侄子。大哥在话筒里，带着哭音说，玉啊，你那个挨千刀的侄子，被饭庄的同事带坏啦，去娱乐场所赌博，欠了高利贷，被债主追得东躲西藏，再不还上，人家找到他，要砍了他的手啊。玉啊玉啊，你救救他吧，只当救救大哥吧，大哥只有这一个儿子……

这是第一次，玉还了两万，救了侄子。

再后来，一万、两万、三五万……玉记不清了。每一次，大哥都说是最后一次。

昨晚接到大哥电话，大哥在电话里已经把这些话说得相当纯熟，甚

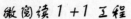

至更深情，玉啊，这个挨千刀的又捅个大洞，八万啊，这不是要把大哥往死里逼么。玉，再帮大哥一次，我保证这是最后一次……玉捏着话筒，喘不过气来。

喷壶里的水没了，玉又接了一壶。这时候，敲门声响了。咚、咚咚；咚、咚咚……很轻，很有节奏。不用看猫眼就知道是大哥来了。

玉拎着喷壶，恐惧地盯着门，越看越觉得这不是道门，是一个无底的黑洞，只要她打开，就能把她吞得渣都不剩。

玉就那么拎着喷壶，怔怔地站着，任由外面响起一阵比一阵焦急的敲门声。

玉想告诉大哥，她没有钱。玉想告诉大哥，她也有家，丈夫调动工作，公婆治病，儿子请家教，都需要钱。

玉的枕头底下，有五万块钱。是玉借来，准备送礼的。再不把礼送去，厂里今年的下岗名单里，一定会有她的名字。

敲门声没了。玉拎着喷壶，走到阳台。窗外，下着淅沥沥的小雨。玉看见一头白发的大哥，衣着单薄地瑟缩在风雨中，慢慢向小区门外走。

大哥的背驼得厉害，大哥的背是什么时候驼成一张弓的？想起小时候，玉最喜欢爬到大哥笔直的背上，让大哥背着她开飞机，背着她买糖葫芦，背着她蹚过小河，送她上学……大哥驼着迈向小区门外的背影，在玉的眼中越来越模糊，玉扔下喷壶，跑进卧室，从枕头底下拿出那五万块钱，拉开家门，飞奔下楼。这一次，玉哭出来了，泪水像天上的雨，玉不知道，大哥、她、侄子，到底谁更像赌徒。

男子汉大丈夫

童年时，他和小伙伴站在山坡底打赌："我们打个赌。"

"赌什么？"

"赌这段坡。"

"怎么赌？"

"看谁先跑到坡顶。"

"赌注。"

"你输了替我做一星期作业，我输了替你值日一个月。"

"好，一言为定"

"一言为定。"

"拉钩上吊一百年不许变。"

预备——起跑。他如脱兔，他如一阵风，他如一道闪电……他咬着牙拼命往前冲。最终成了坡顶的胜利者。他握紧拳头举过头顶，高呼耶，高呼万岁。小伙伴想反悔，他抹一把额头滚动的汗珠，鄙视地看着小伙伴说："男子汉大丈夫说话要算数。""可我不是大丈夫，我还是孩子。""那你是站着撒尿还是蹲着撒尿的？你要承认你是蹲着撒尿的，那就一笔勾销。""那好吧，我帮你做作业。"一切得来不费功夫，他的嘴角扬起胜利者的微笑。

少年时，他已经厌倦了学业，同龄人都考上了理想的学校。他不愿意再把自己困在校园，回到家里。

父亲对他说："不念书，就学做豆腐吧。"父亲是做豆腐的。

于是，天不亮他就要起来推磨磨豆子。推着沉重的石磨，一圈又一圈地走，再一担一担地挑到乡集上卖。几天下来，肩膀火辣辣的疼，碰都碰不得。他坐在廊檐上，望着蓝天白云，揉着酸疼的双肩对父亲说："我们爷俩做个游戏好不好？"

父亲说："我没工夫和你玩游戏，趁天还没黑，得把明天要卖的豆腐做出来。"

"豆腐豆腐，除了豆腐还有没有别的。您老人家懂什么叫放松吗？光会死干，不会休息，只会事倍功半。"父亲大概是觉得儿子是读书人，读书人说的也不一定没道理；父亲大概也有些心疼儿子，就放下手头活计，与他并肩坐在廊檐上，说："玩什么游戏。"

"我们爷俩打个赌。"

"赌什么？"

他抬头看看四周，又看看天空，惊喜地指着天说："就赌这朵白云和太阳。"

"怎么赌？"

"赌这朵白云十分钟内能不能遮住太阳？我让您，您先选。"

父亲抬头看天，那朵白云离太阳很近，并且正慢慢地向太阳方向移动，说话就要遮住太阳。父亲摸着下巴，笑着说："我赌能。"

"慢着，我们还没说赌注呢。"他眼角带笑地看着父亲。

"好你个小子，说，要什么赌注？"

"假如您输了，就放我去城里打工。假如我输了，我从此后老老实实在家磨豆腐。"

"好，一言为定。"

"一言为定。男子汉大丈夫说话算话。我赌不能。"

他和父亲同时抬头看向天空。然而，本来说话就能遮日的云朵，突然向反方向飘去，还不到十分钟的时间，越飘离太阳越远。时间到，父亲输了。他站起身子，捏紧拳头举过头顶，高呼耶，高呼万岁。

父亲仰着头，喃喃自语："这怎么可能嘛，这怎么可能嘛。"

"哈哈，爹，这叫智慧。哈哈，爹，你听过一句话没？"

"什么话？"

"天有不测风云。"

父亲木然。

他仅用了一点观风向的小常识就轻而易举地赢了父亲。胜利的感觉真是太爽了，尤其是胜过父亲。

他打包要向城里进攻，父亲想反悔。他不屑地拍着父亲的肩说："男子汉大大夫，愿赌服输。"父亲讪讪地笑了笑，手一挥说："看来你是真的长大了。好，男子汉大丈夫。好，好得很。去吧。"

青年时。他欠了很多钱。很多，很多。他欠的那些钱，是父亲磨几辈子的豆腐都挣不回来的钱。他明知道他欠不起那么多钱，可还是欠了那么多钱。城里五花八门的赌场，迷幻了他的心智，他中了邪，发了魔，赌光了口袋，赌红了眼。

借了高利贷，被债主拎着刀四处追债。他哭着跪在父亲的面前，求父亲救他。一次，两次，三次……每一次，他拿着父亲的血汗钱向父亲保证："这是最后一次，最后一次。男子汉大丈夫说话算话。"

转眼，赌场上的诱惑又令他头脑发昏。他在心里说：原谅我，最后再赌一次，就一次，翻回本，就收手。压上赌注，他已忘了"男子汉大丈夫说话算话"。于是，他每跪在父亲面前说一次"男子汉大丈夫说话算话"父亲的血就流一滴。最后父亲把驴卖了，把地卖了，把豆腐坊卖了，把住房也卖了，数九寒天，父亲连个栖身地都没有。

输了。输了。他再一次跪倒在父亲面前。此时，父亲已是那座长满荒草的坟茔。父亲留给他最后的一句话是：男子汉大丈夫能观天有不测风云，就不知道赌场也是风云莫测吗？

莲花开了，春花谢了

她那个年代的女子，是要裹小脚的。若不裹小脚，长大，嫁不出去。

那个年代，男人的路在脚下，女人的路在脚上。媒婆上门提亲，先看女子脚，再看女子脸。若是女子相貌姣好，而没有一双标准的金莲小脚，择偶档次很难提高。

可见，女人要嫁得好，跟有没有一双标准的小脚有关系。能不能有一双标准的小脚，跟裹脚婆有关系。

金婆婆是潭村最有名的裹脚婆，潭村女子的脚都是金婆婆裹出来的。经金婆婆裹出来的小脚，瘦、小、尖、弯、正、柔。拥有这样一双小脚的女子，年方二八时，走起路来，袅婷如烟，莲步轻移，回眸一笑，百媚生。潭村女子的脚，都是金婆婆裹的。因此，方圆百里的后生才俊们，都以能娶到潭村女子为荣。

她是金婆婆的女儿，是金婆婆唯一的女儿。金婆婆嫁进潭村金家，身怀六甲便做了寡妇。等把她生下来，为了生计，金婆婆继承娘家传下来的手艺，做了裹脚婆。

女子要有一双瘦、小、尖、柔、弯、正的香足，必须在五六岁时开始裹脚，裹到七八岁时便成了。若过了这个年纪，就算裹脚婆的手艺再好，也难裹出一双标准的三寸金莲，那时候，就算女子把脚裹了，也难找到好婆家。

她十岁了，金婆婆也没给她裹脚。她的脚一天比一天大。

她问金婆婆，为什么不给她裹小脚。金婆婆冷冷地说，你没有裹小脚的命。

她不明白，裹一双小脚，跟命有什么关系？潭村张三李四家，谁家牵来女儿裹脚，金婆婆来者不拒，她从来没听金婆婆对任何女子说过，你不是裹脚的命。她看着自己渐渐长大的大脚，想着长大后的命运，心里对金婆婆生出怨怼。

金婆婆不给她裹小脚，也从不让她看她给别人裹小脚的过程。

每次有妇女领着五六岁的女孩子，上门来找金婆婆裹小脚。金婆婆把来人安置在厢房，紧闭门窗，然后支使她上山砍柴。等她背着柴回来，厢房门已打开。

金婆婆倚在门框上，吸着烟袋，隔着缭绕的烟雾，用飘忽的眼神目送裹了脚的女孩离去。一袋烟吸完，收起烟袋，关上厢房的门，仿佛一切都不曾发生过。

她十四岁那年，春风拂过，春花烂漫。潭村一年一度的庙会，善男信女，闹热了春花。她夹杂在其中，抬头远看，花红柳绿中一个身影，搅起她心中一池春水；低头近看，一双大脚，踩碎一地春花，也踩破了她心中的那池春水。

庙会回来。木桶里沐浴。热气雾霭里，她身姿曼妙，肌肤如脂，犹如一朵含苞欲放的莲。她闭上眼睛，脑子里闪现出在庙会上遇见的那位后生，只一眼，她的心便丢了。她摸着水中自己那双硕大的脚，丢了的心又回来了，在她的胸腔里汩汩流血。她知道，这双大脚，注定只能让她的心遗失在梦中。

她穿衣服，故意找又小又紧的衣服穿。又小又紧的衣服，把她的身体包裹成连绵的山峰秀水。

她的山峰秀水，惹恼了金婆婆。

金婆婆把她拽进屋里，插上门闩。扔给她一条白布，让她裹起她的山峰秀水，她偏头不看金婆婆，倔犟不从。金婆婆长叹一声离去。

又有女孩来找金婆婆裹小脚。

这一次，金婆婆没让她上山砍柴，而是把她叫进厢房。平生第一次，她看见裹脚的整个过程。

女孩是邻村举人家的小姐。金婆婆示意随同小姐的两个奶妈按住小

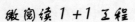

姐的胳膊、大腿。小姐还不知道接下来要发生什么，转过脸来，看着她笑弯了眉眼。

金婆婆褪去小姐的鞋袜。小姐的脚白里透红，十个脚趾晶莹剔透，白嫩如春蚕宝宝。

她站在床边，看着金婆婆的手。

只见金婆婆先用白矾洒在小姐的脚缝里，让小姐的五个脚指紧靠一起。再用力把小姐的脚掌弯成弓状……霎时，她听见骨头断裂的声音，小姐笑弯了的眉眼，顿时变直变大，惊恐地扭曲了她整张脸。小姐的笑容，在这些断裂的声音里，一段段碎了。小姐碎掉的笑容，拼凑出无尽的恐惧笼罩在她的眼里，她想喊，喊不出来。她想逃，脚似千斤重，逃不掉。

这时候的金婆婆面目狰狞，她捏着小姐的脚，用白布狠狠地裹起来，裹一层，密密麻麻地缝一层。一面狠裹，一面狠缝，当金婆婆缝上了最后一针，小姐已经痛到无力挣扎，弱小的身子瑟缩在床上，喊疼的力气都没有了，任由泪水滚滚流出眼眶。

金婆婆擦着小姐眼角的泪水说，忍忍吧，这是女子的命啊。等十个脚趾，在裹脚布里化脓、腐烂、断完了，一双又尖又瘦又弯的小脚便好了。

小姐看着她，看着她的大脚，脸色苍白，气若游丝地说，当男孩子真好。

那晚，她拿着金婆婆给她的那条白布，一个人坐在烛光里，坐了一夜。天快亮时，她起身，用白布，紧紧地裹起了她的山峰秀水。

因为，从她出生那天起，潭村人，只知道她是金婆婆的儿子。

凤栖梧桐

外公想栽棵梧桐树在家门前。

在整个龙潭河畔，只有外公知道梧桐树苗在哪里。

梧桐树苗在离龙潭河百里地的龙潭山上，那座洋人教堂里，而那里已经被共产党占领了。要不是龙潭镇地势险要，易守难攻，解放军早就把龙潭镇解放了。

那时候外公还很年轻，年轻的外公是国民党的一名军官。

外公栽梧桐树，是为了龙潭镇朱财主家的三小姐。朱家三小姐不光人长得美，女红手艺更是传遍十里八乡。

外公去朱财主家征军粮，征完军粮，临走的时候，无意中看见坐在绣楼上绣花的朱家三小姐。以前只听别人说起朱家三小姐的美，今日亲眼得见，外公深深醉在朱家三小姐的蛾眉皓齿中。

外公找媒婆去朱财主家提亲。

朱财主岂敢不答应，满口应了这桩婚事。媒婆满心欢喜地放下彩礼，却被朱家三小姐拦下来。朱家三小姐不言不语，围着媒婆转了一圈又一圈，直把媒婆转得满头大汗，媒婆在外公面前拍着胸脯保证过，一定把亲事说成。媒婆真怕朱家三小姐回拒了这门亲事，她不好向外公交差。

哎哟，我的三小姐，只要您答应这门亲事，有什么要求您尽快提来。

要我答应这门亲事可以，不过，彩礼你们统统拿回去。朱家三小姐红唇轻启，飘出的话让媒婆和朱财主大吃一惊。

这，这，自古男女婚嫁，三媒六聘，不能坏了礼数啊。媒婆说。

这些彩礼我不要，不代表我不要别的彩礼。请你转告他，让他在他家门前栽棵梧桐树，等到来年春天，梧桐树要是还活着，就来迎娶，什么彩礼也不要，要是死了，婚事作罢。

媒婆伸头往门外看，门外白雪皑皑。这数九寒天的，栽什么都得冻死，莫说那娇贵的还不知道上哪找去的梧桐树了。傻子都听得出来，这是朱三小姐故意作难，间接退婚耍的把戏。

媒婆把朱家三小姐的话，如实转告给外公。如果说，之前外公恋上的是朱三小姐美貌，那么现在被朱三小姐的智慧折服。

朱三小姐要他栽梧桐，意义深远。她是婉转地告诉外公，良禽择木而栖，而凤只肯栖身于梧桐。

朱三小姐是把自己比作凤凰了。

当天晚上，外公骑上马，悄悄赶往龙潭山。

三天后，外公从龙潭山上带回一棵法国梧桐树苗，栽在门前。外公给梧桐树架了个大棚子，生了炉火，吃住在大棚子里，每天精心呵护着梧桐树，偶尔也会拿着他的二胡去兵营走走，转转。

转眼春天就到了，外公的梧桐树奇迹般地活了。梧桐树在春天活过来了，按说外公随时可以和朱三小姐完婚。而这时候，外公反倒不着急，天天往兵营跑得更勤快了。

在一个春雨绵绵的夜晚，共产党的解放军突然反攻龙潭镇，不费一枪一弹，没伤一人，解放了这个连小鬼子都没办法攻打下来的龙潭镇。

外公和朱三小姐的婚礼，是在龙潭镇解放的第二天举办的，证婚人就是带领攻打龙潭镇的解放军司令。

婚后，朱三小姐在梧桐树旁栽下一棵石榴树。

朱三小姐对外公说，你为我栽下可以栖身的梧桐树，我要为你栽下多子多孙的石榴树。每年的五月，梧桐树枝繁叶茂，石榴花如火如荼地开满枝头。外公坐在石榴树下，闻着花香，拉着二胡，唱《西厢记》，唱《苏三起解》……朱三小姐坐在梧桐树下，纳着凉风，穿针走线，绣飞鸟走兽，绣春花夏草……一群儿女围着他们，绕着两棵树打闹、嬉戏……

 # 奶奶的爱情

因为一张相片，他父亲兄妹五个差点和他奶奶反目。

相片是从镇长亲自送到他们家的，说是受一个来台湾寻亲的老先生的嘱托，让他把相片送来给老太太。

这是一张全家福。相片上有一对老年夫妇和他们的两个儿子，三个孙子。相片上满头银发的老先生，就是托镇长给他奶奶送相片的人。镇长对他奶奶说，这个老先生前几天，从台湾来津寻亲，寻到咱们镇上，打听到您老还活着，就把这张相片交给我，托我捎给您，说是给您做个纪念。

他奶奶颤抖着手接过相片，只看一眼，他奶奶便知道是谁了。

他奶奶问镇长，那他人呢？镇长说，走了，回台湾了。

回台湾了？他奶奶的心咯噔一下，良久又喃喃自语道，走了好，走了好，不见也好，只要他还活着就好。

镇长走后，他奶奶捧着相片看了一天，流了一天的泪。在他的印象中，从未见他奶奶流过泪，前年他爷爷死的时候，他奶奶也没掉过一滴泪。正因为这个，他们全家当时很不满意，现在又见老太太捧着一张来自台湾的全家福相片，没完没了的老泪纵横，心里更不舒服。

因为相片上的老先生，是他奶奶年轻时的丈夫。这位老先生当时是国民党的一名军官，和他奶奶刚结婚三个月，接到命令赶赴成都执行任务。他人还没到成都，国军败退，他来不及跟奶奶打声招呼，就跟着部队来到台湾。从此，和他奶奶天各一方，断了联系。

文革时期，红卫兵说如果他奶奶不重新改嫁，就要把他奶奶当牛鬼

蛇神批斗。他奶奶的娘家哥不忍心看他奶奶挨斗，就找到他爷爷，让他爷爷娶了他奶奶。那时候，他的亲奶奶才死没多久，给他爷爷留下五个嗷嗷待哺的儿女。他从未生育过的奶奶，进门就当了五个孩子的妈，这一当就是三十多年，没有生育过自己的孩子。

说来，他奶奶也命苦，嫁给他爷爷才三年，他爷爷也因病去世了，给他奶奶留下五个还没长大成人的孩子。他爷爷去世后，他奶奶没再改嫁，而是任劳任怨、咬紧牙关，扛起一家人的生活重担，把他父亲兄妹五个养大成人。

在父亲兄妹五个的心里，他奶奶虽不是他们的亲妈，但是胜过亲妈。都争着抢着的孝敬，庄子里的人也认为他奶奶是苦尽甘来。关于他奶奶曾嫁过一个国民党军官的事，随着他奶奶的老去，和岁月的沉淀，渐渐被大家遗忘。

镇长送来这张相片，又勾起他奶奶的回忆。老太太不顾几个儿女怎么想，竟然把这张全家福的相片放进炕头的相框里，和他爷爷、他父亲、叔伯姑们放在一起，还放在正中的位置。谁走进来，第一眼就能看见这张相片，特别显眼。

自从这张相片到了他们家后，他奶奶变得沉默寡言，经常一个人把自己关在屋里，坐在炕头，戴着老花镜，拿着抹布，不停地擦拭着相框。擦着擦着，人就不动了，盯着这张全家福一双老眼直愣愣的，然后颤抖着手，轻轻地隔着玻璃镜框，摩挲着相片上的每个人。他奶奶对这张相片不分时候的痴迷，让一些上家来串门子的邻居也看见了。

没几天，庄子里一些风言风语，传进他父亲兄妹五个耳朵里。庄子里的人说他奶奶忘不了台湾的前夫，害相思病了。

他父亲兄妹几个听着这些风言语，备感耻辱，一起来劝他奶奶把相片收起来，别这么明目张胆地抱着别的男人的相片怀念，说做儿女的丢不起这个人。

不知道是不是他 80 岁的奶奶耳朵背，没听见，还是听见了也不理，他奶奶还是继续把那张相片当宝一样供着。他奶奶不听劝告，他父亲兄妹几个谁也不愿意理他奶奶。他奶奶也没有怨言，没人管她，她可以坐在炕头，抚摸着这张全家福，一摸就是一天，哪也不去，天天如此。

只有他从部队回来探亲，他奶奶才肯走出来。让他跟她讲讲部队里当兵的事，听着听着，他奶奶会来一句，大孙子，你说台湾的兵是不是也像你们一样？他明白了，奶奶是把对她的国民党前夫的相思，转移到他身上了。他有些恼火，再从部队回来，奶奶找他讲当兵的事，他支吾着找借口躲了。

突然有一天，这张全家福不见了。他奶奶又恢复原来的状态，只字不提那张相片的事，也不让他讲当兵的事了。他大伯悄悄在家里翻了个遍，也没找到那张相片。他们一家人暗自高兴，老太太终于想通了，把那让人耻笑的相片扔了。于是，又对老太太嘘寒问暖、百般孝顺起来。

但是他奶奶的记忆力从那以后，越来越不好，渐渐地连身边的人都不认识了。

他奶奶痴傻了一年后去世了。

他奶奶去世那天，他姑姑给他奶奶换寿衣，在老太太的贴身衬衣口袋里，发现了那张丢失的全家福，他姑姑捧着这张相片，哭得撕心裂肺。

墙角的抹布

桌子中间有两样东西，一张银行卡，和一份离婚协议书。

银行卡是程东的，是程东给晴天的，里面有 30 万元人民币；离婚协议书是晴天的，是晴天给程东的，上面已经签好晴天的名字。

饭桌两端，程东和晴天相对而坐，表情庄重。

程东把银行卡推到晴天面前，说，只要不离婚，这些钱都是你的。

晴天把离婚协议推到程东面前，说，只要你签字，我什么都不要。

程东斜睨着离婚协议书说，晴天，你想好了？

晴天说，你签吧。语气坚定。面对程东不知悔改的背叛，晴天只想解脱。

程东说，晴天，你没工作。

晴天说，你签吧。语气坚定。工作可以慢慢找，晴天相信她能找到。

程东说，晴天，你没有社会经验。

晴天说，你签吧。语气坚定。社会经验可以积累，晴天相信自己。

程东说，离开我，你会活不下去的。程东目光如炬，烫到晴天的眼睛，晴天的手一哆嗦，手中一直捏着的抹布掉地上。

程东弯腰，用两个手指拈起抹布，递给晴天，用无比温柔的声音说，晴天，别闹了，好吗？你这么大的人了，应该能掂量出自己的手到底能拿得起什么，喏，拿着吧。

晴天不接，程东的话又一次践踏了她的自尊，她忍着又要流出眼眶的眼泪，看着程东，一字一顿地说，你签吧。没有爱的婚姻，晴天不需要。

程东说，晴天，那儿子怎么办？

晴天说，你签吧。语气坚定，晴天已经想好了，离婚后，就和儿子一起过。

程东说，晴天，离婚后，你确定你能养好儿子？

晴天说，我……我，儿子我会……会养好的。一提到儿子，晴天的心就怎么也狠不起来。

程东把银行卡捡起来，连同手里的抹桌布一起，塞进晴天的手里，拿着吧，这些才是你应该拿的。

晴天的眼泪再也忍不住，如决堤的洪水，乌泱乌泱地流。能不能养好儿子，晴天没把握。结婚这些年，她除了会拿着抹布，在这个家里抹来抹去，出了这道家门她什么也不会啊。

晴天捏着银行卡和抹布，坐在桌子前，缩成一团，连日来假装起来的坚强，在这一刻轰然倒塌。她不想在程东面前表现出懦弱，可还是没控制住。

程东看着眼前的女人，只觉得眼前这个女人，陌生到可怕，他真不知道自己当初怎么会娶这么个女人当老婆，脑袋一定是被驴踢了。

程东嘴角扬起轻蔑的笑，拿起离婚协议，一撕两半，扬长而去。懦弱哭泣的晴天，就像一块被他扔掉的抹布，瑟缩在桌子上。晴天拿了他的银行卡，就证明晴天已经默认了，那么从此后，他也可以像很多成功男士那样，家中红旗不倒，外面彩旗飘飘。

从那以后，家的旅馆，程东想回就回，不想回，影子都没有。晴天独自收拾着一颗破碎的心，她收起程东给她的所有耻辱，默默地在心里给自己许下五年的期限。她想，五年后，儿子上大学时，正是她问程东拿回尊严的时候。

晴天不再追问程东的去向，她买来一台相机，平日里，除了照顾儿子的饮食起居，剩余的时间，就背着相机到郊外拍照。

晴天婚前就是一家影楼的摄影师，婚后因为要照顾家庭，就放下了。现在晴天重拾她的爱好，好像重拾回那段青葱岁月。经常游走在山水间，晴天的心境也如她的名字一样，晴天了。

晴天把好的摄影作品，配上简约的文字，往报社投稿。很快，晴天的多幅作品都发表在全国各省各个报端页尾，有些还荣获全国摄影比赛的大奖。

晴天成了著名的摄影师。

儿子上高中住校后，为了更方便照顾儿子，她用程东给她的三十万元，在儿子学校旁边开了家小影楼，取名为"晴天摄影工作室"。她的心愿就是要把所有的最美定格在她的相机里，给人们留下晴天般美好的回忆。

晴天的聪慧与善良，还有先前的知名度，很快让她的影楼步入正轨。短短半年时间，整个城的人，提起晴天的影楼，几乎无人不知，市民们都以到晴天的影楼拍照为荣。

突然有一天，程东从电视里看到晴天登上领奖台上的画面。程东不敢相信电视里，那个站在领奖台上着一袭黑色长裙、高挽发髻，气质超凡脱俗、高贵典雅，有着从容微笑的自信女人会是晴天。程东的心脏迅速加快，他忽然发现，这五年来，他身边走马灯似的换女人，没个定性，而这一刻他深深为晴天倾倒。

程东要重新追求回晴天。程东还没想好怎么找晴天，晴天先找程东来了。

晴天把程东约在一家小酒馆。晴天从包里取出程东当年给他的银行卡，优雅地推到程东面前。程东讪讪地说，这是我给你的，你拿着用吧。晴天晃了晃杯中的红酒说，不，这是我给你的，一百万。

程东不解，疑惑地看着晴天。程东，当年你甩给我三十万，也因为这三十万我才有今天。今天我连本带息，加倍偿还你。

程东说，你……

晴天说，我们的婚姻，是时候了断了。五年里有多少个日夜，晴天就面对多少个日夜的孤单与屈辱，今天，她终于可以把她丢失的尊严，全部讨要回来了。

晴天从包里掏出早已签好的离婚协议书，望着程东。晴天的目光比五年前更坚定，程东知道，一切已经到了无可挽回的地步。如果说之前，他用儿子要挟了晴天，那么现在儿子已经再不能作为困住晴天的筹码。

程东颓废地坐在酒吧的墙角，酒吧昏暗的灯光把程东的背影拉得很小很小，放眼望去，程东伏在桌子上的一团黑影，就像是一张被遗弃在墙角的抹布。

玫瑰甘露

安南喜欢玫瑰。向川也喜欢玫瑰。

安南向川玫瑰，三个人，青梅竹马一起长大。从小到大，玫瑰走到哪儿，安南与向川就跟到哪儿，一个在左，一个在右。谁要是敢欺负玫瑰，他们敢以命相搏。

安南性格木讷，不擅言辞。但是很会照顾人，每次在一起，玫瑰心里想什么，要干什么，不等玫瑰说出来，安南就把一切都办妥了。和安南在一起，玫瑰心里很踏实，也很温暖，她似乎永远也不用担心遇到突发事件要怎么处理。

向川的性格和安南相反，向川爱说爱唱，胆大心细，幽默感十足。每次在一起，随便一句话，都能把玫瑰逗得开怀大笑。和向川在一起玫瑰很快乐，也很轻松。向川比安南还多一个优点，就是向川会写诗，向川写的诗鸟朦胧，月朦胧，烟雨朦胧，总能让玫瑰的心朦朦胧胧地扑腾乱跳。

或许爱情可以这样朦胧在三个人身上。那么，婚姻呢？当安南与向川同时向玫瑰求婚时，玫瑰迷茫惆怅纠结：选安南，放不下向川；选向川，舍不得安南。

选择难，难选择。终是要选择。玫瑰征询闺蜜的意见，闺蜜摇头晃脑地说，女孩子是没有爱情的，谁对她好就跟谁走。选丈夫嘛，不是比较你最喜欢谁，而是比较谁对你更好。

玫瑰想了三天又三天，比较了三天又三天，安南和向川对她都一样好。她真的很难选择。情人节快到了，闺蜜出主意，让安南和向川都送玫瑰一件礼物，由他们送的礼物来比较谁对玫瑰更好。

　　情人节那天，向川很早就叩响了玫瑰的房门，一大束鲜艳欲滴的红玫瑰跃到玫瑰的眼前。向川说，他花去半年的积蓄，托了很多人从西南订购来，在西北这个满目沙湾的地方，玫瑰是一种非常罕见的花。玫瑰虽然叫玫瑰，但从小到大，她只见过假玫瑰，真玫瑰还是第一次见。玫瑰的心在这束红玫瑰花里荡起春水。

　　到了晚上，安南才来找玫瑰。安南是两手空空来找玫瑰的，安南把玫瑰带到他家房后，指着一片空地说，这就是我送你的礼物。玫瑰看着什么也没有的空地，很生气，没想到平时看上去老实木讷的安南挺会拿人开涮。玫瑰不听安南把话说完，拂袖离去。

　　玫瑰接受了向川，远离了安南，并且很快和向川举行了婚礼。安南在玫瑰和向川的婚礼上，一个人喝到烂醉。婚后，向川说要走出西北的沙湾，去远方追寻梦想，挣很多很多的钱，给玫瑰买很大很大的房子，然后再买很多很多的玫瑰花，让玫瑰每天生活在玫瑰花海里。玫瑰醉在向川的梦里，天亮后，就随向川一起走出西北，去南方。

　　刚到南方，人生地不熟，找工作难，创业更难。玫瑰和向川像两只无头苍蝇，到处乱飞乱撞，身上带的钱快花光了，还没找到工作。南方的大街小巷，花店很多，里面各种玫瑰花争相斗艳，玫瑰和向川无心观赏，他们已经没钱吃饭，饿得都走不动。那是玫瑰和向川最难的时期，玫瑰陪着向川住过桥洞，吃过方便面，啃过冷馒头，打过各种零工。后来有点积蓄后，向川开始做建材生意，凭着向川聪明过人的胆识，很快向川的建材公司就在行业中崭露头角。

　　时光如白驹过隙，当玫瑰住着大房子，开着高档轿车出入南方各种会所时，玫瑰发现向川挣的钱，莫说给她买一屋子的玫瑰花，就是买两火车的玫瑰花也够了。但是向川再未给玫瑰买过一束玫瑰花。向川的梦想实现了，玫瑰的梦想凋谢了。在向川很多个不在家的日子里，玫瑰都是喝着一种名叫"玫瑰甘露"的花酒，一个人昏昏沉沉打发着孤寂的日子。

　　有一天清晨，玫瑰从酒醉中醒来，无意看见"玫瑰花露"的出产地竟然是她的家乡，那个连玫瑰花都开不出的沙湾之地。玫瑰算算日子，自从她和向川离开西北，已经整整八年没回过家乡。

玫瑰握着"玫瑰甘露"的酒瓶，在她和向川华丽的大房子里，想起很多在西北老家的过往，还有安南。安南，这么多年过去了，你还好吗？玫瑰轻叹一声，空荡荡的大房子里霎时响起阵阵回音。玫瑰决定回西北，去看看安南。

三小时后，玫瑰站在西北乡下老家，老远就看见在村口，有个酒厂，酒厂的门牌上写着：安南玫瑰酒酒厂。"玫瑰甘露"的酒就是安南的酒厂生产的。

玫瑰找到安南的家，开门的是安南的妻子素心。素心热情地把玫瑰领进家，一番寒暄后。素心带着玫瑰打开后门，来到当年安南送玫瑰的那片空地上，素心说，玫瑰，当年安南他不是不想送你一束玫瑰，他是想送你一片玫瑰花花海。是你太心急，等不得花开，做了他人的新娘。

玫瑰看着这片玫瑰花花海，各种说不好的情绪，在她心里拧成无数个结。当年向川知道玫瑰喜欢玫瑰花，安南又岂能不知？

玫瑰想起自己曾经在书上看过的一句话：喜欢和爱的区别，如果你爱花，就会给花浇水，如果喜欢，就会摘下来。

 # 绿帽子

那年，柳儿刚满十五岁。现在回想起那一年来，柳儿满脑子里都是绿色，是那种毛茸茸的绿。

那年冬天，柳儿家盖新房。在县里上中学的柳儿很少回家。很少回家的柳儿在一个双休日突然回家了，回家也没什么大事，就是在学校久了，她惦念爹娘。

柳儿到家时，正是歇晌的时候。一推开家门，就看到一屋子帮柳儿家盖房子的人，围坐在两张八仙桌前烤着火炉，喝着热茶，吹着水烟筒子，热闹极了。

这些人，柳儿都认识，柳儿一一和他们打招呼，二叔好四叔好大舅好……最后她目光落到了本村的赵二哥头上。赵二哥此时正在吹水烟筒子，金黄的烟丝随着他吹出的"咕嘟"声忽明忽暗，相当有节奏。

赵二嫂是个手巧之人，做得一手好女红，常在农闲时绣花，织毛衣。赵二嫂还常用织毛衣剩下来的毛线头勾毛线帽，勾毛线鞋。在她手里就没有浪费的线头线脑。柳儿很佩服赵二嫂，常说赵二嫂是乡村服饰的设计师。要不是娘拦着，柳儿早跟着赵二嫂学女红了。在赵二嫂的巧手下，赵二哥和他的两个孩子长年都是从里到外、从头到脚花枝招展的，这在农村是见怪不怪的。

赵二哥见柳儿看他的眼神有点儿奇怪，就把埋进水烟筒子里的嘴巴伸出来，吐了一口烟雾，打趣地说，柳儿，你看什么呀，二哥脑袋上结金银宝了？

柳儿摇摇头，惊喜地说，哇噻！二哥，你头上戴的这顶绿帽子真漂

亮，这又是二嫂子的杰作吧！

哈哈哈……呵呵呵……

爆竹般的笑声，随着柳儿的话音一落，溢满了整个屋子。大伙都指着赵二哥的脑袋，笑得又是跺脚又是揉肚子，就差没滚桌子底下了。柳儿爹也忍不住笑出了声。他想，这赵二哥戴这顶绿帽子那么久，谁也没联想到什么，经柳儿这么一说……嘿嘿，村里人谁不知道那年赵二哥出去打工，赵二嫂在家里做下的事？

柳儿被他们笑糊涂了，呆头鹅似的杵在原地，不停地问，你们笑啥啊，笑啥啊？柳儿天真的样子令他们笑得更厉害了。

够了，看哪个狗杂种还敢笑？赵二哥目光像刀子，一声厉吼，把所有人的笑声喝住了。柳儿看着赵二哥猪肝色的脸，吓得气都不敢出，她不知道赵二哥为什么发这么大的火。爹赶紧出来打圆场，说，她二哥啊，柳儿不懂事，瞎说的，别往心里去。赵二哥一把推开爹，把水烟筒子往桌档子里一塞，气哼哼地把帽子扯下来，一把就扔进一边的火炉里了，火苗蹿得老高。

柳儿急了，说，多好看的绿帽子啊，你怎么给烧了？

柳儿爹反手一巴掌，重重地打在柳儿脸上，说，闭嘴。柳儿捂着脸惊诧地看着爹。爹的举动更激怒了赵二哥，赵二哥伸出一根手指，把在场的人，点了个遍，然后恶狠狠地说，好，你们等着瞧吧。说完，摔门而去。

赵二哥刚走半袋烟的工夫，就听外面有人在大呼小叫地喊，不好了，不好了，赵二嫂投井了。

柳儿跟着大人们跑到井边时，赵二嫂已经捞上来了，浑身湿淋淋、直挺挺地躺在井边，不知是死是活。赵二哥抱着赵二嫂鼻涕眼泪一大把，又是叫，又是吼的，没个完整话。柳儿爹大声说，还不快送医院，在这干号啥？

在爹与大家七手八脚的帮助下，总算把赵二嫂扶起来，往医院送。柳儿爹在临走时，回过头来，看着柳儿，凶巴巴地说，你个死妮子，赵二嫂要是有个三长两短，你看老子不打死你。柳儿彻底吓傻了，她不住地抖着身子，爹的话冷冰冰地砸在她身上，让她感觉到无边的恐惧。

赵二嫂抢救过来，可是柳儿却不见了。能找的地方，不能找的地方，都找了，就是没有柳儿的踪影。

柳儿娘整天哭天抹泪，要死要活的。

半年后的一天，柳儿娘在电视里看到正在直播的新闻，主持人说，省城公安机关在某山区解救了一批被拐卖的妇女，其中一名十五岁的女孩，因多次逃跑未果，被买主活活软禁在一个木箱子里近半年。

电视屏幕上，当两名警察把一个目光呆滞、瑟瑟发抖的女孩从木箱里搀扶出来时，柳儿娘大叫一声"我的柳儿"，就昏死过去了。

两天后，一辆警车开进了柳儿的村子。

当腰身有些臃肿的柳儿从警车里下来时，柳儿看见赵二哥、全村的叔伯大爷，还有爹，他们的头上都带着一顶簇新的绿色毛线帽，在金色的阳光下泛着绿茸茸的金光。他们颤抖着嘴唇，红着眼圈，用莹润的目光拥抱着一脸木然的柳儿。

芬芳留守

我快疯了……芳哭，记不清这是芳第几次对芬哭。

芬抽一张纸巾递去，芳接过，狠狠在上面擤了一把泪涕。一张纸巾太少，很难一下吸干芳满腔的痛苦。不一会儿，芳的面前就堆起了一座小山，雪白雪白地，很刺眼也很刺心。

这几年，男人都外出打工，独留女人们在家。男人们用挣回来的钱盖起了新房，装上了电话。芳和芬是邻居，两家的男人都在外打工。白天两个女人做做家务，拾掇拾掇针线活计，唠唠家常，日子也就打发过去了。最难熬的是晚上。

芳和芬每天晚上，前半夜躺在被窝里，抱着电话机，跟各自的男人煲电话粥，后半夜撕扯着被角想男人。

芳的男人在和芳电话粥煲得越来越稀的时候，有人告诉芳，他在外面和别的女人同吃同住，像夫妻一样。

芳不信，亲自跑去男人打工的城市找男人，芳的男人果然和传言中的一样。

芳的男人说，我是个男人，在外打工那么辛苦，离家又这么远，总得有个释放地方吧？你知道这里的房租有多贵吗？你知道这里吃根萝卜要多少钱吗？我是有家的人，她也是有家的人，出来打工还不是为了多挣几个钱寄回家？我和她住一起，房租一人一半，伙食费一人一半，省下不少钱。你跑来闹什么闹，给我回去，别在这里乱。

芳就这样被男人骂了回来，继续住着男人为她盖的大房子。

那个死鬼，我为她守空房这么多年，他却守不住自己，这都过的什么日子啊。芳披头散发，悲伤的脸庞扭曲着，如鬼魅般狰狞。

芳哭得人心烦，芬从芳堆的纸巾小山里，看到了她的男人，男人在纸巾里向芬笑。那笑，熟悉又陌生。可不，六年来，男人只回过两次家。每次回家，男人还没把芳的身子捏软就走了。

一个念头，在芳抽完纸盒里最后一张纸巾时产生了，芬要去找她的男人，带着孩子。

芬收拾好行李，领着孩子登上去男人城市的火车。芬抱着孩子靠窗而坐，买票时，她舍不得买卧铺，买了坐票。

芬扭头看向车窗外。窗外，山脉、村庄都奔跑在芬身后，离芬越来越远。远了好，远了说明离男人就近了。芬恨不得这火车能长翅膀，一下子就飞到男人打工的城市。

车厢里乱哄哄的，到处是南腔北调的声音。孩子已经在芬怀里睡着了，芬索性闭上眼睛。闭上眼睛好，闭上眼睛男人就会出现在芬的脑海里。在家的时候，芬想男人想得厉害时，不管天是不是黑了，就闭会儿眼睛，眼睛一闭，男人就来了。这会儿，男人又来到芬的脑海里，男人的样子不停地在芬的脑海里变化，一会是，男人穿着她们新婚时的那西服，精神、帅气地来到芬身边，腰一弯，把芬背起来，芬也穿着新婚时的红喜服，两个人都笑得很甜蜜；一会是，男人拎着芬给她收拾好的行李，一步三回头地随着村里人出村口，去打工。

芬还记得男人临走的那晚，和她搂在被窝里说的话。

男人说，我走了，你也不要太累，地里的活计能做多少做多少，别把自己累着。男人在家时，芬很少下地干活，男人舍不得让芬跟着他到地里风吹日晒。

芬反手搂着男人的脖子说，我舍不得你走。

男人说，你也看到了，窝在家里，光靠家里那几亩田地，这辈子恐怕都难盖上新房。

说到新房，芬想起隔壁芳的男人在外打工两三年，回来就盖了一幢三层小洋楼。每次芬站在场子里，看芳家的小洋楼，又看看自己家的土坯小平房，怎么看怎么觉得自己家的房子是丫鬟，芳家的小洋楼是小姐。

平时芬和芳在一起，芳也有些盛气凌人，指使芬为她做这做那。想到这些，芬搂着男人的手松了些。

男人出去两年，家里的新房总算盖起来，比芳家的还高出一大截。当芳再说，芬帮我买包酱油。芬可以轻轻地说，我没空，你去买吧，顺便帮我带一包回来。

芳家买了新家具，芬家也立即买。冰箱、空调、洗衣机，哪样都不比芳家少。不管芳的步子迈多大，芬都可以用男人寄回来的钱，轻轻松松地跟上。

孩子被尿憋醒，芬睁开眼睛，男人不见了，眼前是一车厢疲惫的人，或睡或站或蹲。芬隐约听见车厢里有人在叹气，唉，在家千般好，出门万家难。人比人，气死人，人心不足蛇吞象嘛，总想样样超过别人，累来累去，到头来苦了自己不说，还一家人不能在一起。

当火车在下一站停下时，芬领着孩子下车了。她买了返回的票，带着孩子又回到家里。

回到家的芬，去集市上买了鸡鸭。买了菜种。找出锄头。锄头好几年没用，早生锈了，芬磨去锄头上的锈迹，把房前门后那些荒了很多年的地，翻挖出来，点上菜种。

芳想，等男人下次回来时，就不让男人出去了。

裂

整个商业步行街的灯一盏盏熄灭，只有她店里的灯还亮着。白天人声鼎沸的商场，现在在她店里的灯光照射下，显得异常静谧。

她在等他来接她。他说过要来接她的。

白天，他来过。他来的时候，顾客很多，她忙着打理着顾客，没顾上和他说话。他说什么，她没听清，也没顾上听，只看了他一眼，示意知道他来了。

他看她忙，走进柜台，想帮她，又无从帮起，这个客人要包装，那个客人要了解产品的知识，而这些他不知道要怎么做，也不会做。在她这里，他深刻体会到，隔行如隔山的艰难。她的买卖，他一直插不上手，同样的他的买卖，她也插不上。这么些年，都是这样。白天，她忙她的，他忙他的，互不干扰。晚上回到家，陪孩子玩，哄孩子睡觉，家务均摊，各自弄到疲惫，倒在一张床上，纷纷忙着去梦里和周公约会。

他什么时候走的，她没注意。但他走之前说的话，她绝对是听清了，他说，晚上别弄太晚，我来接你。她说，好的，你什么时候来，我什么时候下班。

晚上，她一直忙到送走最后一个客人，看时间已经十点半了。他，怎么还不来？邻居走的时候，叫她一起，说捎她。她拒绝了。他已经很久没来她店里看她，今天他来，尽管那时候她忙，没顾上和他说话，但是她的心还是挺温暖的。他说要来接她，无论如何也要等啊，她也记不清有多久没坐他的车，和他一起回家。她打他电话，电话通了，没人接。她想，不接电话，可能已经在路上了。于是，又坐下来等。一小时过去了，还没来，她和他的家，住在离城较远的郊区，开车到她这里，差不多一个小时。

电话再打过去，一遍又一遍，还是没人接，她心里开始焦虑。脑海里出现各种不好的现象，又被她一一否决，唯一的可能，会不会是出了车祸？想到车祸，她坐不住了，心快从嗓子眼里飞出来，这一刻，她才发现，她是那么地怕失去他。

她关灯，锁门，打着他的电话，往商业步行街外走。走到大马路边，一看，白天马路两边停满出租车，此时空无一人一车，马路上除了昏黄的街灯外，干净得连片树叶都没有。

正巧这时候，他的电话打通了。手机里传来他仿佛刚睡醒的声音，喂，谁呀？

你在哪儿？

在家。

在干吗？

睡觉。

怎么没来接我呢？她深深地呼了口气，得知他是平安的，一颗悬着的心放下了。

我喝酒了，没办法开车。你自己打车回吧。

可是已经没有出租车了。

我喝酒了，难道你让我上路找死啊。

那好吧，我自己想办……她话还没说完，那边电话已经挂了。她捏着挂断的电话，在这异地他乡，他是她唯一的亲人。她后悔今晚等他，现在该怎么办呢？离家又远，没有车，走回去的话也差不多天亮了，也不安全。前面过了两个红绿灯，有家宾馆，她决定去宾馆住一晚。

刚走过一个红绿灯，前面来一辆红色的吉利车，车子行驶到她面前时，放慢了速度，车窗摇开，从里面伸出一张男人的脸，冲她喊，妹子，上哪儿去，哥载你。昏黄的街灯照在男人脸上，显现出几分猥琐。她吓一跳，连连摆手说谢谢，不用了。

她快步向前走，只希望快点走到宾馆。红色吉利车不依不饶，一直不远不近的跟着她，像暗夜里的一团火，她快便快，她慢便慢。车里的男人继续说，你逃不掉的，今夜你注定是我的猎物。每次遇到危险，第一个想到的便是他，他给他发信息：快点来接我，有辆红车一直跟着我，我害怕。

怕什么，报警呀。他信息回得挺快，让她不敢相信是一个醉酒的人应当有的反应，然而信息的内容足以把她的心冻成冰碴。

红色吉利车已经停下，那个男人已经打开车门，四周空无一人，这个男人要干什么？她内心无比的恐惧，她不停地边走边划拉着手机通讯录里的名单，通讯录里的联系人倒不少，三百多个，朋友、家人、客户、学校老师，看着这些人名，她在脑子里飞快地过虑一遍又一遍，发现这个求救的电话，在这个深夜打给谁都不合适。

别无选择，她拨打了110。

当警车拉着警报乌拉乌拉地驶到她面前时，她看着警车上，忽红忽蓝交替闪烁的警灯。她想，她和他曾经炽热的婚姻，是什么时候起去了冰窖。

第二天，他醒来，没看到她，半夜的时候，明明是听到她开门的声音。他四下寻她的目光，寻到桌子上，一份她已签好字的离婚协议书，离婚协议书旁有一张纸条，纸条上写着：这个世界上最深的伤害，不是背叛，也不是不爱，而是极致深爱后的冷漠……

影子在门外

单位几次提拔都与牡丹擦肩而过，每一次局长都轻拍着牡丹的肩说，牡丹啊，你是个好同志，本分、勤劳，人又长得漂亮，本来这次是可以提拔你的，不过考虑到你还年轻，缺少经验，下次吧，下次吧。

就这样，局长几个"缺少锻炼""下次吧"就把牡丹拒在提拔的门外了。牡丹不怨局长，在自己身上找原因。局长说她缺少经验，经验都是锻炼出来的。

牡丹在自己身上找原因，在单位更任劳任怨地工作，对同事谦和有礼，不仅把自己分内的工作做好，还帮同事加班。牡丹想，自己的努力是有目共睹的，提拔指日可待。

果然，这次提拔指标下来前，局长找牡丹单独谈话了。牡丹知道，这次指标只有一个，如果这次再上不去，那就意味着她没有下次了。

来到办公室，牡丹有些恐慌，忐忑不安地叫了声局长。

牡丹来了，请坐。局长应声抬头，放下手中的笔，看着牡丹一脸阳光灿烂。

局长，您找我有什么事吗？局长太过阳光灿烂，令牡丹有些不自在。

哦，牡丹呀。关于这次提拔，局领导班子认真考虑了一下，觉得你是最佳人选。

真的吗？谢谢领导给我这个机会。等了这么久，终于守得云开了！牡丹心里说不出的乐。

不过……局长一声叹息，掐断了牡丹还没乐出的声音。局长不过什么？玉兰心里咯噔一下。

你知道我们局里那个小刘，她的舅舅早就打过招呼说有提拔的机会一定要让她先上。我们有些不好说呀，她舅舅又是分管我们单位的领导。局长一脸无奈地摇摇头。

小刘？那个常打扮得跟鸡冠花似的，走起路来，引来一大群男"蜜蜂"围着转的女人，平时工作总是一副漫不经心的样子，只要领导一来，就一脸娇嗔地围着领导媚笑。牡丹有些看不起她，不过也没有听说她有一个当领导的舅舅呀。

不过……局长又"不过"了。牡丹落下的心又提上来了，又燃起一丝希望。局长老爱重复地说"不过"，同事们私下给他取了一个绰号："不过局长"。但今天牡丹喜欢听局长说"不过"，局长说"不过"，这意味着有希望。

我们也知道你各方面条件都不错，只要你肯展示，这件事还是有点回旋的余地。局长边说，边往牡丹身上瞟来扫去，你先考虑考虑，考虑好了来找我，今晚我在办公室等你。牡丹在局长瞟来的目光里，打了个冷战，犹如吃了只活苍蝇，她很想把这只苍蝇吐出来，喷在局长那张胖脸上，可是一想到提拔，她只能狠狠地吞进去，好的，局长，我会认真考虑的。牡丹说完急急逃出门。

吃过晚饭后，牡丹接到一个短信：想好了吗？牡丹很气恼地把手机摔在沙发上，站在窗前半响无语。心里是不愿意去的，可牡丹的脚已违背了心，不知道什么时候，已经站在局长的门口。门虚掩着，好像是专门为她打开的一条缝。

牡丹只要再上前两步，轻轻地推开这道门，就能看见局长胖胖的脸。还能看到提拔的曙光。

牡丹站在门外，心怦怦跳。门缝里射出的灯光像钩子，把牡丹的身影拉长、拉碎，分割出两个牡丹。门缝里飘出浓浓的烟味，似在召唤牡丹快点进去。

牡丹转身背对着门，影子却跳进门。牡丹再转身面对着门，影子又跳出门外，躲在牡丹的身后。兜兜转转，转转兜兜，牡丹有些恍惚。她感觉自己此时就像一只在黑暗里钻出墙角的耗子，捺不住美食的诱惑。

牡丹要的美食就在门里，只要抬脚进去，美食张嘴可得。牡丹有些饥饿，哦不，不是有些，而是饥饿了很久，这么多年的努力就是为了得到提拔，证明自己的能力。这道虚掩的门，是牡丹最后的希望，牡丹想要抓住。

牡丹转过身，面对着门，抬起脚。背影在牡丹身后拉得很长很长，似乎要把牡丹拽回去。

里面传来的声音，让牡丹迈向门缝的脚停留在半空。声音是局长的，小刘，你是知道的，这次提拔名额只有一个，你的各方面条件都不错，只要你肯展示，机会还是有的，尽管牡丹的舅舅是分管我们单位的领导，我一样可以公事公办。

牡丹懵了，牡丹自己怎么不知道她还有个当大官的舅舅？

只要能提拔，局长大人你说怎么展示就怎么展示，我无条件服从……小刘酥麻麻的声音，让牡丹起一身鸡皮疙瘩。

牡丹缩回了脚，轻轻地举起手机，里面熄灭的灯吞噬了牡丹的影子，却点亮了牡丹的手机。

十天后，牡丹和他的同事们在报纸上看到一则新闻，说某某局局长假借提拔之名，诱惑女下属、贪污受贿经证实已被双规。报纸上配有这个局长的相片，正是他们单位的"不过"局长。

婚　誓

边巴爱刀娜，从阿婆把刀娜带回寨子那天起，边巴就爱刀娜。那时候，边巴十二岁，刀娜十岁。

和刀娜一样，边巴也是阿婆捡来的。据阿婆讲，边巴刚捡回来时路都不会走。自从阿婆的儿子儿媳过怒江河船翻后，阿婆就成了青藤寨的孤老。阿婆经常对边巴说，娃娃啊，江水要了我那可怜的儿和儿媳的命，若不是在江边捡了你这苦命的哑巴娃，阿婆也随江水去了，唉，我苦命的娃啊，你咋会是个哑巴啊……阿婆讲一阵，落一阵泪，哗啦啦雨水样的泪，打湿了边巴的脸，边巴的心。

边巴和阿婆在青藤寨相依为命，在乡邻的帮助下种几亩薄田，生活没有大富大贵，倒也能填个温饱。

那年腊月，阿婆去赶集。阿婆说要给边巴买一串鞭炮过年放。

边巴坐在竹楼前等阿婆等得无聊，就吹起了葫芦丝，阿婆说边巴是个哑巴，要学会一技之长，将来才能养活自己。边巴吹的葫芦丝在寨子里没人能比。寨子里逢婚嫁喜事，都会请边巴去演奏助兴，边巴也能从中获得小小收入。

傍晚时分，阿婆回来了。阿婆没给边巴带回鞭炮，却带回一个满脸污垢的脏丫头。边巴打着手势问阿婆鞭炮呢。阿婆说，买米粑了。阿婆说，给你捡个媳妇回来，比鞭炮好。

边巴看着脏丫头手里的米粑，心里就像装了一枚点燃了又炸不响的鞭炮。

阿婆的视线越过边巴，带着脏丫头跨进门槛，进屋了。一会儿，阿婆拉着脏丫头出来，指着边巴说，喏，这就是路上阿婆跟你说的边巴阿哥。阿婆又转过来，对边巴比划着说，她叫刀娜，从此后我们就是一家人了。

边巴看着刀娜，洗干净脸后的刀娜头发乌黑锃亮、明目洁齿，白里透红的脸蛋好比天上的圆月亮，只是比起圆月亮来，小刀娜的脸是瘦月亮。刀娜耳朵、鼻子都不缺，怎么也被爹娘扔了？边巴的心忍不住一阵揪疼，再也怨不起阿婆没给他买鞭炮。

从此后，刀娜叫边巴阿哥。刀娜的声音穿透空气，比夜莺的叫声还好听。边巴叫刀娜阿妹。叫在心里，比蜂蜜还甜。边巴吹葫芦丝的时候刀娜就唱歌。

春天，刀娜在竹楼前的芭蕉树旁打秋千，一边打一边唱歌，刀娜就像一只低飞在竹楼前的燕子。边巴坐在竹楼前吹起葫芦丝，应和着刀娜的歌声。歌声曲声飞入云霄，惊了云霄里的鸟儿，鸟儿们扑棱着翅膀在云端起舞。夏天，刀娜在江水边洗衣服，边洗边唱，刀娜的歌声到哪里，边巴吹出来的葫芦丝曲子就跟到哪儿……边巴和刀娜歌声曲声不相离，阿婆每天都乐得眉展眼舒。

时间像流水，在刀娜的歌声里、边巴的曲调里流成河。边巴和刀娜在这条河里渐渐出落成帅气的小伙子与美丽的姑娘。

有了刀娜动听的歌喉，寨子里再有婚嫁的喜事，边巴的葫芦丝曲声就更悠扬了。

边巴最爱在新郎新娘含情脉脉的对视中吹奏《婚誓》。曲声飘出，刀娜那如泉水流淌的歌声也飘出了：阿哥阿妹情意长，好像那流水日夜响；流水也会有时尽，阿哥永远在我身旁……鲜花开放蜜蜂来，鲜花蜜蜂分不开……刀娜的歌声诠释了新郎新娘一生的承诺，每当这时边巴与刀娜的目光都相撞得如火如荼。

阿婆已把喜饼发出，待到中秋月圆时，边巴与刀娜将月圆人比月更圆。边巴已在葫芦丝上擦上最好的棕榈油，等待着和刀娜演奏出一曲真正属于他们的婚誓。

眼看婚期要到了。这时候，寨子里来了一个穿着时髦的城里女人。

这个女人跪在阿婆面前哭。她说她是刀娜的亲娘，要把刀娜带走。阿婆问刀娜，刀娜不同意。那女人就在竹楼前跪了一夜，她哭着说，不求刀娜认她这个阿娘，只求刀娜跟她去城里住几天。刀娜捂着被子痛哭了一夜，终是在阿婆的劝说下跟那女人走出寨子，去城里了。

刀娜走的时候说只去几天，几天就回。边巴每天晚上坐在竹楼前搂着葫芦丝，望着天上的月亮，等。边巴等来了中秋月圆，等来了秋林尽染，等来了燕子衔泥而归，刀娜就像那怒江河里的江水一去不再返。渐渐地有一些关于刀娜的消息传回寨子里。阿婆听了传言后叹息着说，城里五彩斑斓的彩灯让刀娜迷路了。

从此，边巴的世界里再没有葫芦丝的声音飘出。又过了些时日，寨子里没有了边巴的影子。阿婆临死的时候对寨子里的人说，边巴去找迷了路的刀娜。

多年后，寨子里有人在某座城市的街巷里看见一对酷似边巴与刀娜的中年男女，男子手抱葫芦丝，女子双目失明。他们深一脚浅一脚走在五彩斑斓的霓虹灯影里，男子吹着葫芦丝，女子紧紧地拽着男子的衣襟，跟在男子身后唱：阿哥阿妹情意长，好像那流水日夜响；流水也会有时尽，阿哥永远在我身旁……

 # 后　来

相爱时，男人对女人讲了个故事。

男人说，当年，我叔在外面打工，带回个漂亮女人做媳妇。男人说这话时，目光一直没离开女人如玉般光洁透亮的脸蛋。男人说，你长得好美。女人娇羞地低下了头，羞涩地，哦，是吗？那他们后来呢？

后来，那女人给叔生了个儿子。那个时候叔太穷，穷得连袋奶粉都买不起。孩子才三个月大时，叔那漂亮媳妇扔下幼儿，跟着一个外乡人跑了。叔用兑了水的米汤喂养着孩子。叔在孩子一天比一天羸弱的哭声里，渐渐对生活失去了希望，日子过一天算一天。

男人说到这里，停顿了一下，目光依然没有离开女人。

那，再后来呢？女人追问

后来，叔和好友上街，他这位好友和他一样，都是因为穷，跑了老婆的人。同是天涯沦落人，叔与好友有着深厚的情谊。那天真是赶巧了，刚走到街口，叔的那位好友看到自己的前妻正和一个男人搂抱着。好友眼里喷出的火燃烧了叔，叔与好友上前打掉了那男人的一颗门牙，一场由女人引爆的战争瞬间在三个男人身上发生了。身体的疼痛激怒了那男人，那男人愤怒地把手伸进腰间，手腕一扬，还没等叔看明白，一道白光就深深地闪进了叔的身体……白刀子进红刀子出，一进一出之间，叔那幼儿就成了孤儿……

男人说到这里，早已泣不成声。女人抽了一张纸巾递给男人，心情很难过也很复杂。男人的故事深深地扎在她心里，很深很深。从一开始，女人就知道男人穷得只剩下自己。

果然，男人抬起头，一脸的忧郁，满脸的不舍，有些哽咽地说，我很穷，你走吧，我重复不起叔那样的命运。

　　女人站起身来，走近男人，温柔地把男人的头揽进怀里，细柔的手指在男人的头发上轻柔地穿来插去，不会的，你一定不会重复叔的命运。女人的声音很轻，却很重地砸在了男人的心上。男人伸出双臂搂紧了女人。

　　男人给女人的婚礼很简单，简单得只有一对结着灯花的红烛。红烛燃尽时，女人做了男人的妻子。

　　婚后，贫穷压得男人与女人喘不过气来，孩子出生时，他们连一袋最便宜的豆奶粉都买不起。不足二十平方米的出租房里，男人急得蹲在地上，拼命地薅着头发，他绝望地对女人号叫，你走吧，你走吧。

　　女人不走，女人流着泪，紧紧握着男人的手说，我们会好起来的，我们会好起来的……

　　渐渐地，女人的坚强变成了男人的动力。男人开始四面八方的揽活，他收过废品，当过搬运工，也做过建筑小工。在做建筑小工时，因为男人吃苦耐劳的精神，和他的精明能干，深受老板的器重，慢慢地他从一个建筑小工到包工头，再到成立自己的建筑公司，事业一天天的红了。

　　贫穷的日子在女人的手里一页页地撕掉，富裕的生活在男人滴淌的汗水里一点一滴地走近。男人不再片瓦无存，男人不再穷得只剩自己，男人的财产多得让女人把双手双脚都伸出来也数不清。

　　就在女人盘算着怎么数清家产时，男人又对女人讲了一个故事。

　　男人说，一次，我在外地出差，认识了一个女孩，女孩好年轻也好美。男人说这话时，目光只在女人有些松弛的脸蛋上打了个转，就瞟向窗外，心思神荡。

　　男人的话把女人抛进了冰窟。女人高仰着头颅，颤抖着嘴唇，说，那后来呢？

　　男人说，后来……后来，你现在能想到的，你不能想到的都发生了。男人的目光依旧停留在窗外，却不知窗内的女人早已泪雨纷飞，男人讲的故事，深深地刺进了女人的心里。

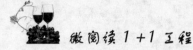

一滴鲜血从女人紧咬的嘴唇里沁出。男人在那滴鲜血里，狠狠地捆着自己的嘴巴，一下一下，边捆边说，自从遇见她那天起，我才知道什么是爱情。求你，只要放过我，我什么都不要，全给你。

女人松开了咬紧的嘴。这时候女人才发现，男人是有备而来的，她放过了男人，男人给她的只是一座空了的房子，在这座空了房子里，处处是男人留给女人的痛。终于在某一天，女人一把铁锁扣在房门上，头也不回地离去了。

男人再见到女人时，是在一个街口。此时的男人倚在街角的垃圾桶边，身上满是馊臭味。他怎么也没想到，他抛妻弃子追求的爱情却捉弄了他，那"爱情"在成为他妻子后，就开始算计他的家产，之后神秘失踪了。

男人远远地看见，一个很有风度的男士牵着女人的手，旁边还有他与女人的孩子，女人的脸蛋比原来红润多了，看上去气色很好。那孩子也长高了不少，不知孩子说了什么，三人都哈哈地大笑了起来。傻子都看得出来，这是一个幸福的三口之家。

男人眼里的火能把天边的太阳烧成灰烬，那本该是属于他的幸福。与此同时，男人还看到了那个让他流落街头的"爱情"，那"爱情"还是那么的美艳动人。此时，那让他抛妻弃子的"爱情"正搂着一个身材魁梧的男人浪荡地笑着，那笑声让男人本就燃烧的双眼喷出了火焰……

 # 谷草出嫁

谷草要出嫁了。

谷草的婆家在潭村。

谷草要嫁的人，谷草说不上爱或不爱，谷草没谈过恋爱，不知道爱是什么。

可是娘说，谷草你长大了，该嫁人了。

谷草听娘的，娘让她做什么，她就做什么。

娘说她长大了，可以嫁人了，那就是真可以嫁了。

好几夜，谷草在夜里双手搭在自己鼓起的胸脯上，就这么想着入眠。

谷草要嫁的人，谷草只见过一回，是个小木匠。

相亲那天，小木匠跟宋媒婆一起来谷草家，娘让谷草跟小木匠坐一条木板凳上。

小木匠一坐下，谷草就把屁股往木板凳的边头上蹭过去，只让半个屁股落在木板凳上，拽着辫子的手全是汗。

长这么大，谷草还是第一次和陌生男子离这么近，谷草甚至能闻到小木匠身上淡淡的香皂味儿。谷草不敢抬头看小木匠，可是谷草的心却怦怦跳，像要跳出嗓子眼儿，谷草的头弯得更低了，她怕她的心真跳出来，让小木匠看到，捡去了。

谷草的心没跳出来，小木匠的心却跳出来，蹦到谷草身上了。直到小木匠走，谷草的头都没有抬起来过。

这亲，就算相完了。

小木匠和媒婆走后，谷草在灶房切菜。听见娘和那人说话，娘说，

唉，我苦命的草儿啊，这要是真嫁过去了，往后这日子可……

我呸，闭上你的臭嘴吧。人家不嫌她扫把星的命，愿意娶她就不错了。娘还没说完，就被那人打断了。

接下来，没完没了地骂娘。

谷草从那人骂娘的话里分析出，她嫁人是为了让小桥娶贾村的贾小莲。

小桥看上贾村的贾小莲。可是贾小莲家要两万块彩礼钱，小桥没有。小桥说如果娶不到贾小莲，他宁可打一辈子光棍。

那人最怕小桥打光棍，断了他家的香火。于是，也放出话，谁家愿意出两万块彩礼钱，就把谷草嫁谁家。小木匠为了凑够彩礼钱娶谷草，把房屋卖了，在龙潭河边搭了间茅草房。

谷草听见娘擤鼻涕的声音，这声音有些沉重，好似甩出的是满腔的委屈，谷草知道，娘不愿意她嫁过去，跟着小木匠受穷吃苦。

哭哭哭，哭丧啊，老子是让她嫁人去，又不是让她去死，你号的哪门子丧？老子养她这么大容易吗？

唉！那人啊那人。谷草叹口气，举起菜刀，剁下去，刀子落在菜板上"咚咚咚……咚咚咚"，急急切切，绿色的菜汁染了谷草一手。

是人都有爹，可是谷草生来就没有爹，谷草的娘是揣着肚子嫁给那人的。把谷草娘肚子弄大的男人，还没等把谷草的娘娶进门，就出意外死了。谷草的娘就把自己当只破鞋嫁给比自己大十几岁、死了老婆的那人。

从谷草生下来，会说话那天起，那人就不允许谷草叫他爹。那人不允许谷草叫他爹，谷草就在心里给那人取了个称呼：那人。

小桥是那人的儿子，谷草还没出生时，小桥就五岁了。谷草出生了，是小桥的玩具。小桥手痒了，就会对谷草说，来，小野种，让我摸一下你的脸。谷草让他摸了，脸上马上就是一块紫红的印子，疼得谷草直流眼泪，还不敢哭出声来。要是哭出来，小桥的手就会摸到谷草别的地方，所到之处非青即紫，好几天消不下去。谷草忍着，疼着，熬着长大了。

小木匠送来彩礼钱。谷草抢过彩礼钱，拦在门中说，要拿我的彩礼钱去给小桥当聘礼，您和小桥必须一人答应我一件事。否则我不嫁。说着把钱又塞进小木匠的怀里，轰走小木匠。

那人和小桥抬起手要打谷草，被娘拦住了，娘说，谷草，是娘害了你，你就认命吧。嫁过去，好好和小木匠过日子吧。

谷草把脸一仰，说，娘，你让开，让他们打，如果他们父子不答应我的条件，我宁愿被他们打死，也不嫁。

那人和小桥气急败坏，又无可奈何，像两只斗败的公鸡，耷拉下头说，你有什么条件？他们以为谷草会狮子大开口，把这些年来的委屈都报复出来。

哪知道，谷草走到那人身边，把那人和娘扶到椅子上坐下，然后跪下，仰头看着那人，含着泪水说，我只要您答应我，出嫁那天，让我叫你一声爹。不管我是不是你的女儿，不管你从前你对我好不好，因为我娘嫁给你，你就是我爹。我只想出嫁那天，让您像别人家嫁女儿那样，送女儿上花轿，让别人也知道我有爹。

接着，谷草又转向小桥说，还有你，看在我娘把你当心肝宝贝抚养大的分上，你能不能叫她一声娘？让大家伙都知道你也有娘？

那人和小桥刚才还气势汹汹的脸上，顿时面露惭愧之色。小桥想起这些年对谷草娘俩的谩骂侮打，羞愧地低下了头。半晌，他走到谷草娘面前，跪下，含着泪对谷草娘说，娘，儿子错了。

谷草出嫁那天，谷草一身红衣，跪别父母。谷草一声声地叫着爹，把潭村人的心都叫碎了。

给乌鸦美白

安静的午后，水晶店里进来一位衣着亮丽，风华绝貌的女子，从她穿着的品味及佩戴的饰品上来看，这绝对是一位举止优雅的贵妇。

贵妇好漂亮，身材也超级标准。我没见过杨贵妃，也没见过貂蝉，更没见过西施，可是在她站在我眼前的那刻，我的脑子里还是跳出了这些从未谋面的美人的名字，不等鱼沉雁落，我先闭嘴瞪眼观花儿了。

贵妇看遍我店里所有的水晶，就连我的珍藏品也让她摸了，良久后，贵妇说，你店里的这些水晶真漂亮，我都喜欢，而且价钱也不贵。

哇，真是好啊。我在心中惊叹。看贵妇拿着水晶爱不释手的样子，我的内心是多么的沸腾啊，没有人能知道我此刻的感受，我是多么渴望贵妇从她紫红色的香奈尔坤包里拿出一叠厚厚的人民币，潇洒放在我手里，说，把这些都包上吧，我全要了。算命的都说我，只要心里想的，就一定能得到，呵呵，我的心愿，请灵应吧。

果然，贵妇把纤纤小玉手伸进了香奈尔包里，很优雅地从里面掏出一叠花花绿绿的票子来，天啊，那些票子真是太漂亮了，漂亮到不是人民币。

贵妇举着手中的票子说，小妹，你真漂亮，可惜啊，就是长得黑了点儿，把你的漂亮给盖了几分。你看看这个，这是我的独门秘方，能让人变白了。

我嘴上笑着说，是啊，是啊，我从来没有白过。但是心里却说，我也从来没黑过啊，只是有点中国土地的颜色而已。

贵妇说，你遇到我了，算是遇到贵人了。

我嘴上说，是啊，是啊。心里说，贵人啊，买水晶吧。我只喜欢人民币，不喜欢那些花票子。

贵妇说，我有独门秘方，只需要三个疗程就能让人变白。而且没有任何毒副作用，永不复黑。

我说，哇，那也太神奇了。

贵妇说，当然了，这是宫廷秘方，你看我的脸是不是很白？很细腻？而且白得自然？

我说，是啊，是啊，真的好白好细腻啊。（这绝对不是恭维，而是由衷的赞美，她确实好白，比白纸还白。）

贵妇说，我以前没有秘方时很黑的，比乌鸦还黑。

我说，不可能，姐姐是天生丽质，不要秘方也美丽动人。

贵妇说，真的，你不要不相信，我以前真的很黑的。唉，我怎么和你这么投缘呢？要不我给你试几个疗程你就知道了。

我拒绝的话还没说出口，贵妇已经从包里翻出一堆奇形怪状的瓶子，瓶子上都写着我看不懂的文字，贵妇说，那是满文。

哦，满文。好神秘啊。现在，贵妇的状态已经没在水晶上了。我心里那个急啊，看此状况，我又要心想事不成喽。

我说，你这个真的能美白？

贵妇说，真的能美白，而且现在买，还可以享受从来没人享受过的惊喜价，每个疗程只需2888元。

我说，呀，惊喜价啊，还真是不贵啊。

贵妇说，当然不贵了，谁不想花很少的钱就做个漂亮而且自信的女人？女人不想美，除非她脑子天生缺弦。呵呵，小妹是聪明人，脑子当然不缺弦。

我说，那当然了，我也爱美，我也羡慕白皮肤，不过姐姐啊，要是天生就黑的也能美白吗？

贵妇无比兴奋地说，能，不管是怎么黑的，只要用了这个秘方就能美白。

我说，哇，那真是太好，你的秘方能拯救一个家族。你把这个秘方

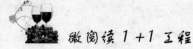

用在乌鸦身上，让乌鸦们都变白了，从此在鸟儿的世界里不再低头做鸟，而是抬头做鸟，做自信的鸟。乌鸦就是因为黑，女的嫁不出去，男的娶不到亲，只能同类婚配，搞得乌鸦们每生一只乌鸦都叫乌鸦，每生一只乌鸦都是黑的，整来整去天下的乌鸦们除了黑就是黑啊。姐姐啊，你才是乌鸦们千年不遇的贵人啊。

原本想，这嘻嘻哈哈的一说一搭的话意在送客，没想到贵妇不愧是贵妇啊，语出惊人。

贵妇哈哈大笑一番后说，妹子啊，你真是太逗了，用我的秘方把乌鸦美白了，这个一点问题都没有。不过呢，姐姐有个条件。

我说，什么条件。

贵妇说，请妹妹抓一只乌鸦来，姐姐试给你看。贵妇说完后掩嘴狂笑，我脑子里现出了花园里被风吹得花枝乱颤的景象。

我在花枝乱颤的景象里说道，姐姐呀，抓只乌鸦谈何容易啊，你这不是为难妹妹吗？白天乌鸦不敢出来，夜晚倒是出来了，可是天地之间一片黑，和乌鸦黑成一团了。要想抓只乌鸦让姐姐试给我看，除非，除非……

贵妇说，除非怎样？

我说，除非姐姐你用你的秘方把乌鸦整白了，我在黑暗的世界里肯定一抓一个准。

贵妇听我说完，立即向门口走去。

我在贵妇背后问，姐姐，你要去哪里？

贵妇头也不回地说，给乌鸦美白去。

 一缕炊烟

给我砌个烟囱，我就搬家。四公公说。

为了推动龙潭村的经济发展，政府领导班子这些年都在招商引资。招来不少外地客商，在龙潭村建厂房，办公司。原本贫穷落后的龙潭村，几年下来，变成了富饶的轻工业集中地。原来面朝黄土背朝天的村民，现如今都是按时按点上班的工人，再也不用风吹日晒地在黄土地里刨食。随着经济的迅猛发展，龙潭村能盖厂房的地皮已经不多，领导们大会小会开了无数，决定缩小面积，盖一个小区，让村民们搬进小区房，空出村庄盖厂房。

搬迁告示一公布，整个龙潭村的村民们欢呼雀跃，住进小区，这就意味着彻底和农村告别。从此后，他们也可以像城里人那样干干净净，待在家里就可以上茅房。

得到村民们的大力支持，龙潭小区的建设很快竣工。搬迁仪式举行后，村民们都高高兴兴地搬进了有花园、有喷水池、有健身广场的新房。只有四公公和四奶奶不愿意搬，不搬的理由是新房里没有烟囱。

乡长和村主任来了，好话说了一箩筐，说得舌干唇裂，四公公只有一句话，砌个烟囱，我就搬。这不是扯淡嘛，小区楼房里用的是天然气，无烟无污染。先不说污染不污染的问题，就是没污染，这个烟囱也没地方可砌啊。

乡长认为四公公不搬，还提出这个无理的要求，无非就是嫌拆迁款少，于是说，老人家，您要是嫌拆迁款少，我们再补足给您，您说要多少，我们申请一下，您看这样可以吗？

四公公说，我什么都不要，只要在新房里砌个烟囱给我，我立即搬。

村主任和乡长无招了，请来四公公的左邻右居当说客。左邻右居劝四公公，跟四公公讲新小区像花园，一年四季鸟语花香，跟四奶奶讲新房南北通透，坐在阳台上晒太阳，比坐在土墙根下晒要舒服多了……无论邻居们怎么说，老两口纹丝不动，咬紧牙关，最后还是那句话：砌个烟囱就搬。

谁也不明白，四公公为什么一定要砌个烟囱才肯搬新家，只有四奶奶最清楚，四公公离不开烟囱，全是因为文姑姑。

文姑姑是四公公和四奶奶唯一的女儿，也是龙潭村第一个考上大学的人，专业是英语。在当时，龙潭村的村民们连普通话都不会讲，却出了个张口就讲外国语的大学生，对于龙潭村的人来说，是件了不起的事。文姑姑成了龙潭村的骄傲。整个村的人都羡慕四公公，说四公公养了个好女儿，将来准找个好婆家，让四公公和四奶奶有享不尽的福。四公公和四奶奶听着这些赞美之词，美在心里，笑在脸上。

文姑姑在要毕业那年，跑回来跟四公公说她要去英国。文姑姑爱上来中国留学的英国小伙子，她要随这个小伙子去英国。四公公懵了，他不知道英国在哪儿，也从没见过外国人，他只知道不能让自己的女儿嫁给洋鬼子。

四公公不让文姑姑走，把文姑姑锁起来。四公公锁得住文姑姑的人，锁不回文姑姑的心。更让四公公和四奶奶心惊的是，文姑姑的肚子像个气球，一天比一天大。四公公哪丢得起这个人，打开房门锁，对文姑姑说，你走吧走吧，走得越远越好。

文姑姑走了，没想到这一走，音讯全无，也不知道她是不是真的去了英国。从那以后，龙潭村的人，没有一个见过文姑姑。

四公公每天上山砍柴，为的就是不让家里的灶台断了炊烟。文姑姑走的时候，哭着对四公公说她会回来的。四奶奶插了句嘴说，傻孩子啊，你去的是英国，等你回来，那要等到猴年马月啊。只怕等你回来时，连家门在哪儿都不知道了。文姑姑说，不会的，我认得咱家的炊烟。

四公公真怕搬到新家后，没有了炊烟。文姑姑回来找不到家，怎么办？

当乡长了解到四公公不搬新家的真实原因后，他再不敢催促四公公搬家，但是又不能真的在小区新房里给四公公砌个烟囱。

现在，偌大的一个村庄，只剩下四公公老两口。每天四公公去山上砍柴，四奶奶在家烧火做饭，炊烟袅袅飘荡在空荡荡的村庄上空，飘得乡长心烦意乱，又无计可施。

就在大家一筹莫展时，四公公和四奶奶老两口自己搬了，不过他们没有搬进新小区，而是搬到敬老院去了。敬老院在龙潭村外，四公公和四奶奶选择去敬老院，完全是因为敬老院房顶上的烟囱。

一年后，有人在乡长面前提议，把敬老院也规划在拆迁范围内。乡长走到窗前，看着到处高楼耸立的龙潭村，吐着烟雾悠悠地说，敬老院先不拆吧，那里冒起的炊烟，恐怕是龙潭村最后的炊烟了。

放牛的女孩

她讨厌夏天。因为夏天到了，山上到处是葱翠的绿草地。

她讨厌绿草地。因为草地绿了，学校要放暑假。

讨厌放暑假。因为放暑假，就意味着整个假期，她都要上山放牛。

她讨厌放牛。因为她认为她是个女孩子，女孩子放牛太丢脸。村里的女孩子暑假也帮家里干活，但都是烧锅做饭的家务活，没有上山去放牛的。只有男孩子才骑在牛背上，满山疯跑。她是女孩子，爹和妈偏偏逼着她做男孩子做的事。

每个暑假，她都会跟爹妈说，我帮你锄草、挑水、割猪草……帮你干任何农活，就是别让我放牛，我不喜欢放牛。

妈看着她，只需三尺长的目光便把她打量完了。妈说，锄草，你有锄头高吗？挑水，你有桶胖吗？割草，你一只手能掐过镰刀把吗？

她被妈问得低下头，她没有锄头高，也没有桶胖，也掐不过镰刀把。可是，这些不能成为她必须放牛的理由。

抬起头，泪光闪闪，我是女孩子，女孩子放牛太丢脸。

爹扑哧笑了，点着她的脑门说，女孩子放牛丢脸？谁说的？没饭吃，没学上才丢脸呢。

同学们都叫我放牛娃，我觉得丢脸。她哭出声来，她不明白她放不放牛跟吃饭、上学有什么关系。

妈搂着她，擦干她脸上的泪水，说，妮子，大黄牛是我们家的重劳力，犁田坝地拉车，哪样都离不开牛。我们家必须有一个人去放牛，你不去放牛。让你爹去？还是让我去？你爹去放牛了，谁来锄草？我去放牛了，谁来施肥？没人锄草，没人施肥，就没有好收成，没有好收成，就没有粮食，没有粮食，你就没饭吃，也没学上。

你妈说得没错。爹接过妈的话说，妮子放牛，不是丢脸的事，而是很重要的事。花木兰还替父从军呢，我和你爹也没把你女儿看，你是爹的好儿郎。那牛呢，你也只别把它当牛，你就当它是你哥，妹妹带着哥哥去山上玩，怎么会丢脸呢？

爹妈的一番话，她仔细在脑子里梳一遍又一遍，想想确实是这样。她不放牛，谁放牛？

哞、哞……爹已经把大黄牛从圈里牵出来，大黄牛站在场院里"哞哞"叫着，仿佛在喊她走。

她接过妈递来的斗笠和干粮包，跺着脚，来到大黄牛跟前，拽起牵牛绳，狠狠地说，哥，我们走。

她悲哀地发现，爹和妈总是能笑里藏刀地摆平她。要想不放牛，除非她比锄头高，比水桶胖，一只手能掐过镰刀把子。她盼望着，等待着。

在经历了三五个暑假后，她终于长得比锄头还高，比水桶还胖，一只手掐过镰刀把子绰绰有余。如今她不仅是一名高中生，还是一个飘着长发的青春少女。都大姑娘了再去放牛，真的让她认为很丢脸。

而爹看她放假了，还搂着大黄牛的脖子，亲热地说，伙计，你姐又放暑假了，从今天起，你只有一个任务，就是跟着你姐去山上，哪块草嫩吃哪块，使劲吃，狠狠吃，给我把膘养好了，秋天好拉车。

哈，大黄牛已经由她的哥变成她的弟了。不管她和大黄牛是兄妹，还是姐弟，她无法做到情深。

她冷冷地对爹妈说，我已经有锄头高了，也有水桶胖了，手也能掐住镰刀把了。

爹和妈异口同声地说，那又怎样？

不怎样，我不放牛。我已经是大姑娘了，你们还叫我牵着一头牛上山放牛，丢不丢人啊。

爹说，大姑娘咋啦？不偷不抢，丢什么人？

妈说，你不放牛，种不上庄稼，你上学的学费打哪来？

提到学费，她无话可说。她发誓，一定要考上大学，永远不回这个除了山还是山的小山村。

通过她的努力她考上了京城一所名牌大学，毕业后留京工作，住在繁华的都市里，再也不用回到那个放眼是山的小山村。

而她在京城待得越久，看着京城的繁荣，对比着家乡的贫穷，心不知不觉地又飞回到那满是大山的家乡。她充分分析了家乡的地理位置，觉得在她的家乡很适合搞养殖业，尤其适合放牧牛羊致富。她利用空余时间访遍大小养殖场，做了认真详细的计划后。她毅然辞去在京城的工作，回家跟爹妈说了她的想法。

爹妈说什么也不同意。

爹说，你以为爹妈这辈子土坷垃里刨食，勒紧裤腰带，供出你这个大学生容易吗？

她说，不容易。

妈说，堂堂大学生，放着城里的工作不要，要回来放牛，传出去，要被人笑掉大牙。

她说，放牛，不偷不抢，谁爱笑谁笑去。

爹说，大学生不大学生的先不说，一个女孩子家家，赶着一群牛满山遍野地跑，像什么话？也不嫌丢脸。

她说，我没把自己当女孩子。从小我就放牛，你们不也没觉得丢脸吗？

你、你……爹气得指着她说不出话，妈拍着爹的背，声嘶力竭地对她说，妮子，不管怎么说，你要敢回来放牛，我们老两口就死给你看。你丢得起这个脸，我和你爹丢不起。

她看着爹妈，还有门外葱翠的大山，一脸愕然！

等你长大了

她怎么也想不到，她的一篇作文，会改变了他的命运。当她知道时，已是沧海桑田换了人间。

初二那年，年级作文比赛，老师给出的题是《长大后想做的第一件事》。

和她一起参赛的另外几个班的同学，一看这样的作文题目，当场忍不住就反胃想吐了。只有她，不敢掉以轻心，因为她的班老师只派了她一人参加。从小学到初中，无论什么样的作文比赛，一等奖的殊荣，还从没抛弃过她。这次比赛，别的班抽出两三名学生参赛，只有她的班，老师只挑了她。

这类题目，乍看上去很无知。但仔细审起题来，才发现这类题目，想写出新意很难。

为了写出新意，拿到一等奖，不辜负老师的期望。她想到头天才出嫁的小姨。于是，她脑子里灵光一闪，提起笔写到：我长大后想做的第一件事，就是把自己嫁掉。嫁给一个穿绿军装的军人，最爱军营中的那一抹绿……

评选时，她的作文让几个老师们争得脸红脖子粗，有的老师说，这个学生想象力丰富，构思巧妙，写法新颖，应当给予一等奖；有的老师说，一个女孩子从小把嫁人当作梦想来追求，未免令人失望。

老师们争来争去，争不出个所以然。后来校长提议把参赛的作文贴在公开栏上，让全校师生都参议。

他和她同级不同班，他知道他作文写得好，她知道他的数学好。因

此情可待

外表闹热，内心安静，这样的人是不会有什么音乐天赋的。小慧就是这样的人。小慧喜欢听歌，从不愿意唱歌。无论大家用什么办法，都休想小慧开口唱歌。

直到高二那年，小慧遇上她的英语老师颜老师，才开始唱歌。

颜老师二十五六岁的样子，中等身材，偏分头，灰白色西装配黄衬衫，看上去书生味很浓，校长叫他小颜老师。

颜老师第一次走上讲台，小慧和同学们的脑子里出现"文弱书生"这个词。大家暗自揣测，根据经验，像这样的老师，一般都是学生管他。小慧和同学们看着他在台上介绍自己，心里乐开了花。颜老师简单介绍完自己后，翻开课本，拿起粉笔，转身面对黑板，刚要写字，突然转身问大家，不知道同学们喜欢不喜欢唱歌？

面对这个问题，大家面面相觑。唱歌？在小慧们的世界里只有永不磨灭的习题，唱歌不是他们喜欢不喜欢的问题，而是能不能唱的问题。为了突破教学，学校老早就取消了音乐课，学校里的音乐老师无所事事，白天睡觉，夜晚酒吧跑场，双休日办音乐培训班，钞票挣得满天飞，忙得热火朝天就是和学生没什么关系。很多时候，学生们都想不起音乐这个词来。

短暂的惊诧过后，全班同学齐刷刷地回答，喜欢。响亮的声音，穿透幸福。这就是音乐的魅力。小慧倒是无所谓，因为小慧天生五音不全，唱歌于她来说是件痛苦的事。

我教大家唱首英文歌好吗？

好。快乐地嘶吼。

颜老师转过身，一句句把歌词写在黑板上，颜老师写得很认真，写一句翻译一句，同学们在底下认真地抄。

颜老师教大家唱的是奥斯卡金曲《此情可待》。颜老师嗓音圆润，唱起歌来，比他讲话好听多了。颜老师唱得很投入，也很深入，一曲终了，小慧和同学们甚至能从他眼角看到微微的泪光。尽管同学们不是太懂"此情可待"的大致意思，也不懂颜老师为何要教他们唱这首歌。但是，在心里是幸福的，如果每节英语课都这么上，他们会高兴选择当疯子。

可是，大家心里是清楚的。颜老师教大家唱歌完全是为了拉拢大家，和同学们搞好师生关系，下节课肯定会恢复学校经久不衰的魔鬼教学方式，让他们掉进满是枯草的深井里。

没想到，第二节课，颜老师走进教室问的第一句话就是：同学们，那首歌会唱了吗？有的说会唱，有的说不会唱。会唱不会唱的各有一大半，小慧夹在他们中间不知道回答会还是不会，因为颜老师教唱歌时，小慧只是嘴皮子动了，压根就没认真唱过，天生五音不全，就算是滥竽充数也没那个自信。

颜老师决定再教大家唱一节课，还说每个同学都务必要学会。他这个决定让全班同学又疯狂地吼起。上半节课，颜老师唱一句，同学们跟一句，后半节课，颜老师起头，同学们大合唱。下课铃声响起时，颜老师满意地竖起大拇指说，OK，同学们唱得很棒，课后再练练，以后每节英语课之前，我都会抽出三个同学来，回答我提出的问题，谁要是回答不出来，就上台来唱这首歌，当是惩罚，要是歌也唱不出来，罚站一节课。

第一次见人这样教书的。小慧和同学们面对这样古怪的老师，说不出是欢喜，还是忧伤。总之，个个眼睛睁得贼亮，嘴巴拉成一个大大的惊叹号。

颜老师说到做到，再上课时，真的开始提问。小慧忐忑地坐在座位上，大气不敢出，生怕颜老师提到她。小慧英语基础差，每次上英语课都仿佛是在听天书。真是越怕什么，越来什么，当颜老师抛出第三个问就什么都不是了。

老板找到妈妈，指着我，问妈妈想怎么办？妈妈以一个胜利者的姿态，看着老板温柔地笑着说，你看着办。

老板给妈妈买了套别墅、买了辆豪车。又给了妈妈一百万。妈妈带着我，带着一百万住进了别墅。从那以后，老板抽空就会来别墅看我和妈妈。

老板每次来看我和妈妈，都非常谨慎，戴着墨镜，打着出租车来。老板怕暴露目标，让老板娘抓到。老板明确地警告妈妈，不许暴露我和他的关系，如果让老板娘知道，他什么也给不了妈妈。看来，我这个大将军，是没办法拿下一个王国，只能给妈妈攻下一座城池。妈妈只好认命。

我三岁的时候，妈妈送我去幼儿园。每天放学，看着别的小朋友都有爸爸来接，唯独我，不是妈妈来接，就是姥姥来接。

我同桌小美，经常问我，你爸爸呢？我照着妈妈在家教我说的，告诉小美，我爸爸出差了。

父亲节，幼儿园里搞亲子运动，要每位爸爸都来和小朋友们一起过节日。每位小朋友的爸爸都来了，只有我的爸爸没来。我伤心地哭了一夜。

有一回，妈妈带我去逛商场。远远的我看见老板，还有老板娘。我已经有好几个月没见到老板了，不管怎么说血浓于水，我对老板还是挺亲的。我向老板跑去，刚要张嘴叫爸爸。老板看着我，笑着张开双臂，风轻云淡地说，小家伙，慢点跑，来爷爷抱抱。

老板抱起我，逗着我的小脸，问我是谁家的孩子，不能乱跑，跑丢了，找不到妈妈。老板娘指着我，狐疑地看着老板。老板赶紧点头哈腰的解释，唉，这人啊，岁数大喽，招小孩子喜欢。然后把我放下，说，小家伙，快去找你妈妈吧，爷爷要走了。

有时候，我就是这样无奈，妈妈缺钱的时候，就会打电话让我叫老板爸爸，说爸爸，宝宝想你。有时候，在人跟前，老板会让我叫他爷爷。

我搞不清楚，是不是每个小孩子小时候都是这样。

我问小美。我说小美，你是不是有时候你管你爸爸叫爷爷，有时候又管你爸爸叫爸爸呢？小美说，我的爸爸是我的爸爸，我的爷爷是我爸爸的爸爸。

　　爸爸的爸爸才是爷爷，那老板到底是我的爷爷还是我的爸爸？

　　突然地，我好忧伤。

爱情在流浪

　　我已到了婚嫁年龄，但我嫁谁不嫁谁，是妈妈说了算。每天，妈妈都给我穿上漂亮的衣服，喷上法国香水，带我出席各种高档场所。妈妈的朋友们，都夸我有皇家公主般的贵气，还把他们的公子介绍给妈妈。妈妈笑在心里，脸上却风轻云淡了无痕迹。我知道，妈妈肯定没有看上这些公子，也是，这么多的公子，我不眼花，妈妈也眼花了。

　　虽然我个子不高，但从小就长得非常美丽，一身洁白像天使，无论上哪儿去，妈妈都愿意带着我。妈妈说带着我出去见朋友，是身份的象征。妈妈是家服装公司的女老板，家产千万，已够有身份、身价了，我不明白为什么还要靠我去做象征？

　　因为我美丽、因为我出身高贵，妈妈一直想给我找个有着贵族血统的外籍老公，这样才会保证我的下一代也有贵族的血统。消息一传出，很多名门贵族都带着自己的公子找上门来，妈妈剔着指甲，睨眼看着那些名门公子们。最后这些名门公子，都在妈妈挑剔的眼神下，跟着他们的父母灰溜溜地离开了。

　　难道一定要出国，才能找到与我家艾米儿相配的对象吗？妈妈唉声叹气，最终决定带我出国。

　　我不想出国，更不想嫁什么外籍老公。妈妈她不知道，我其实早已有了心仪的爱人。他叫小流，是一个流浪歌手，他没有贵族的血统，更没有稳定的家，所以他叫小流。

　　那天，妈妈带我去公园玩。小流当时在公园的厕所门口，又跳又舞地唱情歌，不少人围着小流鼓掌叫好。妈妈牵着我，捂着鼻子从小流身边经过，就在那擦肩而过的一瞬间，我的眼神与小流的眼神互会相交的那一刹那，我把我的心丢了。小流黝黑的外表、沧桑的歌喉，令我深深沉醉。我心痛痛地想：妈妈是绝对不允许我嫁给这样一个黑不溜秋、血统不正宗的家伙。

小流很快找到我家，每天趁妈妈不在家，就来到我窗前。妈妈从来不让我乱跑，每次她出去，如果不带上我，就会门窗紧闭把我锁在家中。我和小流虽然只能隔窗而望，但这并不影响我们感情升温，一日不见，如隔三秋。

艾米儿，跟我走吧。一天深夜，小流趴在我的窗前低声请求到。那天深夜妈妈喝醉了，竟然忘了关窗。

不，我不能离开妈妈。我怕我走了，妈妈会伤心的。

艾米儿，难道你愿意漂洋过海去配个洋鬼子，一辈子离开我、离开我们的爱情吗？小流快哭了。

这……我转过头，我留恋地看着我温暖的小屋。床是妈妈从欧洲订制的象牙床，就连我的餐具也是妈妈请人从法国带回来的，据说是法国皇家贵族专用餐具，每天妈妈都很早起来，为我准备可口的早餐……想起妈妈对我的爱，我怎么舍得离开她？但一想到妈妈要带我出国相亲，让我嫁给洋鬼子，我的心就铁了起来。我义无反顾地跳出窗子，和小流私奔了。

小流带着我跑到火车站，跳上一辆不知要开往哪里的火车。在逼仄的火车箱内，小流紧紧拥抱着我，热气一浪高过一浪地喷在我脸上，我把自己彻底交给了小流，然后安稳地睡去……

当我再醒来时，小流已不在我身边。而我竟然躺在一个陌生男人怀里，他带有烟味儿的大手不停地在我的身上磨蹭，我想从这个陌生男人怀里挣脱出去，却怎么也挣脱不了，他的胳膊如铁钳般圈着我。

小流，小流，你在哪儿啊？快来救我。我不停地狂叫，可是小流不见了。小流肯定也急得像疯狗一样在到处找我吧，我只有不停地狂叫。

艾米儿，艾米儿……我好像听到小流的声音了，我使出浑身的力气，想跳到地面上去，可是陌生男人突然站起来了，车厢里所有的人都站起来了。陌生男人把我塞进一只大皮包里，跟着人流向着车门走去。

　　放下我，放下我。我在皮包里又踢又咬，可是没用，没人能帮我，没人能听到我的绝望的哀鸣。

　　陌生男人拎着我，纵身一跳，就下了火车。我终于咬开皮包的拉链，伸出脑袋，我看见身后的火车在动，却不见小流的身影。小流，你在哪里？你在哪里呀，怎么不来救我……就在我流下伤心的眼泪时，我看见小流嘴里含着一根肉骨头，一下一下地撞在火车的玻璃上，小流看着我眼里满是泪水。我刚想跳出皮包，陌生男人发现了，一掌向我劈来，我就又重新跌坐在乌漆抹黑的皮包里。黑暗中我听到陌生男人得意地吹着口哨说，有了你这只纯种贵宾犬，看谁还敢笑我没身份？爸爸一定会给你找一个有着皇家贵族血统的老公……

天堂伞

是一把雨伞，把李兵和曼文的心拉近了。

曼文和李兵是大学同学。

聪明、漂亮、娴静的曼文是滇南大学的校花，追求曼文的男生，可以绕着学校围三圈。

李兵宿舍的八个男生都喜欢曼文，这八个男生里。只有李兵是从农村来的，其余的都是城市里的富家子弟，个个长得英俊潇洒。他们为了得到曼文的芳心，鲜花、巧克力、名表、手机、电脑、各种昂贵珠宝首饰……轮番出手，没有一样打动了曼文。曼文就像高高在上的公主，让人可望不可即。

李兵也喜欢曼文，他也想追求曼文。败下阵来的室友们笑李兵不自量力，室友们都知道，农村来的李兵除了学习好外，在相貌、财力上没有一样占上风，真不知道他拿什么去追求曼文。

但是谁也没想到，曼文这个那么不好追到手的女孩，竟然让李兵轻而易举地追到手了。更让他们大跌眼镜的是，李兵追到曼文，仅凭一颗细如发的心，和一把200元的天堂鸟雨伞。

曼文每天从宿舍到教室，要穿过长长的校园操场。李兵随时带着一把精美的"天堂鸟"雨伞，每天在曼文经过的地方守候着，天晴的时候，递上雨伞为曼文遮太阳；下雨的时候，递上雨伞为曼文挡风雨。

李兵对曼文说，我喜欢你。我没有钱买玫瑰来向你求爱，我也没有钱给你买昂贵的首饰，我只有一把雨伞，为你遮阳挡雨。

当曼文知道李兵为了买这把雨伞，整整省下了两个月的早饭钱时，曼文特别感动，她一直等候的无非就是这种不掺杂任何杂质、平淡而真实的爱情。曼文的心，在李兵为她撑开的雨伞里，一点点向李兵靠近了。

相恋的日子是美好的，但美好的日子总是很短暂的。

眼看着要毕业了，毕业后，就要各奔东西。校园里多少炽热、真挚的爱情，最后都死在了一纸毕业证书上。李兵和曼文的爱情也岌岌可危。

曼文的工作，还没毕业父母就在家乡给她安排好了。曼文的父母是曼文家乡一所中学的老师，现任校长是曼文母亲早年的学生。曼文上大学那天，这位校长就说，等曼文大学毕业了，可以回校任教。

在知道曼文和李兵谈恋爱后，曼文的父母亲自跑到学校找李兵谈话，哭天抹泪的逼迫李兵和曼文分手。李兵看着两位白发苍苍的老人，为了不耽误曼文的前程，李兵只好忍痛答应和曼文分手。

正好学校里号召大家去西藏援教，李兵为了躲避曼文。毅然报名参加。为了不让曼文找到他，他要求老师不要把他去西藏援教的消息告诉任何人。他要在雪域高原埋葬和曼文的爱情。

李兵走了，他留给曼文的只有那把"天堂鸟"雨伞，还有一封信。

曼文拿着李兵留下的雨伞，拆开李兵写给她的信，李兵在信里写：

我想写一首诗

我想在这首诗里写上花儿，是你喜欢的那种黄玫瑰，淡淡的嫩黄，散着淡淡的清香；

我想在这首诗里写上草儿，是我喜欢的那种无名草，浓浓的墨绿，挂着亮亮的露珠；

我想在这首诗里写上河流，是你家门前的那条河，弯弯的清清的河流，是你我都向往的宁静；

我想在这首诗里写上山脉，是我家门前的那座山，秀秀的柔柔的山峰，是你我都向往的平淡；

我想在这首诗里写上星星，是你我每天晚上都看的那颗星，远远地近近地捎带着思念；

我想在这首诗里写上，写上……我发现我什么都可以写上，唯独……唯独写不上那一缕属于你我的炊烟。

曼文捧着李兵的信，泪流满面。毕业后，曼文就消失了。谁也不知道曼文去了哪儿，包括曼文的父母。

李兵在西藏一待就是三年，这三年里，李兵每天都在思念曼文。原本想，离开了，就能忘记，没想到，离开了，思念更深。西藏的雪域高原根本埋葬不了他对曼文的感情，只能令他对曼文的感情像天山雪莲那样，在冰天雪地里，肆无忌惮地盛开。

李兵从西藏回来，没有直接回家，而是坐上去曼文家乡的列车。他只是想去看看曼文过得好不好。他找到曼文家，见到曼文的父母。曼文的父母看到李兵，很诧异，曼文的母亲说，曼文不是跟你走了吗？这时，他才知道曼文不见了。

李兵回到和曼文上学的城市，找遍所有和曼文去过的地方，问了很多人都不知道曼文的下落。

李兵沮丧地回到家乡，想看看父母后，再继续去找曼文。在村口的小学校门口，李兵遇到了他朝思暮想的曼文。他怎么也想不到他走后，曼文找不到他，就跑到他的家乡来教书，他走了几年，曼文就在这里等他几年。

李兵欣喜地抱着曼文泪流满面，他以为他这辈子再也见不到曼文了。他连声问曼文为什么这样傻。

曼文撑开李兵留给她的"天堂鸟"雨伞，轻轻地依靠在李兵的肩上说，当年你为我撑起爱情的天堂伞，我怎么能不陪你一起写下我们的炊烟呢？

一张 50 万元的转账单

黄珊对江文的怀疑，是从一张转账单开始。转账单在江文的车上，黄珊不是有意要翻江文车里的东西。

那天，黄珊的电动车坏了，黄珊用江文的轿车送女儿上学。女儿在车上喝牛奶，不小心洒身上，黄珊把车子停路边，在前座的储物小框里翻纸巾，纸巾翻到的同时，也捎带出一张转账单。

黄珊一开始并没注意这张转账单，江文是做生意的，在他的车里经常会出现业务往来上的一些转账单，黄珊早习以为常。

等把女儿送进学校，黄珊把车开到洗车厂，洗车的小伙子把这张转账单重新又交到黄珊手里时，黄珊才随便瞄了一眼，这一瞄不打紧，却惊出黄珊一身冷汗。

转账单上赫然写着江文伯父的名字，转账数目五十万。

五十万，对于江文和黄珊的家庭来说，不是一笔小数目，尽管江文这几年做生意有些积蓄，但刚贷款买了房，又买了车，哪里还再有五十万？而且这五十万还是转到江文伯父的名下。江文这是要干什么？

车洗完后，黄珊捏着转账单，回到家里。江文不在，黄珊一个人躺在床上，看着床头挂着的全家福，江文在照片上，搂着黄珊，怀抱着女儿，幸福写满脸。

黄珊最后把目光锁定在江文的脸上，结婚十年来，黄珊第一次认真对着一张相片，注视着江文，回忆和江文从相识到相爱再到结为夫妻的全部过程。

我在春天等你

这一路回忆下来，黄珊突然发现，在这十年的婚姻里，江文在外打拼，她在家相夫教子，从最初的片草片瓦的贫穷到现在有房有车的富有，她满心满眼里装的都是江文与女儿。每天把这两个人照顾好，是她的头等大事，也是她最快乐的事，别的事么，她一概不管。比如江文的生意、比如江文每次出差都去哪儿、比如江文都有哪些朋友、比如江文一年的收入是多少等等这些，黄珊一无所知，她只知道江文喜欢穿什么风格的衣服，喜欢吃什么口味的饭菜。

有了这些发现，再有那张五十万元转到江文伯父名下的转账单，黄珊有足够的理由去幻想，去想象出一个她并不了解的江文。

前些日子，电视上播放，某男发迹后，在外养小情人，要和患难与共二十年的妻子离婚。但是该男心计颇深，他事先并没有告诉妻子要离婚，而是把财产一点点往外转移，等把家里的财产都转移完后，才和妻子离婚。这个妻子做梦也想不到，相濡以沫二十载的丈夫会让她情、财两空，在极度的精神压力下，她选择跳楼自杀……

回想着江文的声音笑貌，还有这十年来江文对他的温柔体贴，黄珊怎么也难把江文和电视里的负心男吻合在一起。那么手里这张转账单，又怎么解释呢？黄珊的胡思与乱想，在她的脑子里打架，黄珊越想，越心悸，她决定悄悄藏起这张转账单，暗中观察江文。

第二天，黄珊发现江文弯着腰在车里翻找东西。黄珊假装不经意地间，你找什么？江文赶紧停止翻找，对黄珊笑笑说没找什么。然后开着车离开了。黄珊从包里拿出那张转账单，看着江文离去的方向，她确信她刚才从江文的脸上，捕捉到一丝慌乱。黄珊在这一丝慌乱里，脑子里又清晰地出现了一个她从骨子里不了解的江文。

黄珊用了半年的时间，终于弄清了江文转到他伯父名下的那五十万，用在什么地方。江文授意伯父把这五十万转交给一个女子，在他的家乡买了一套房子。这个女子，黄珊知道是谁，那是江文的初恋。当初江文没和她在一起，是因为女子的家人嫌弃江文穷得连个像样的房子都没有。

黄珊在真相面前，捂住胸口，捂得越紧，胸腔里的心碎得越厉害。

一切都不用问了，黄珊知道接下来应该怎么做。

从那天起，黄珊除了照顾好江文和女儿的饮食起居，经常不经意地出现在江文的公司，偶尔也会不经意地认识和江文生意上有往来的人，对于江文生意上的财务等等，也在不经意间了解、并暗中掌握了。

一年后，江文的生意一落千丈，欠下很多债务，每天回到家，面对黄珊总是强颜欢笑，又欲言又止。终于有一天，江文从包里拿出一纸离婚协议书，黄珊知道这一天总是要来的，但是没想到来得这么快。黄珊轻叹一声，什么也没说，拿起笔签上自己的名字。黄珊知道，就算离婚，江文也还不起生意上欠下的债务，因为夫妻共同财产在她的安排下，早等于零了。

江文收起黄珊签字后的离婚协议书，然后无比歉疚地对黄珊说，珊，还记得当年你嫁给我时，我对你的承诺吗？

黄珊怎么会不记得？当年，他们天为被，地为床，独自举行婚礼，江文搂着她看着满天的星星说，珊，你不是喜欢我老家依山傍水的景色吗？等我有钱了，我一定在我老家给你买一套房子。这么多年，黄珊一直守着这个承诺，跟在江文身边，默默支持着他、深深地爱着他。可是现在说这个，又有什么意义呢？黄珊的手伸进裤兜，那里装着的那张五十万元的转账单，早已经把黄珊的心伤透了。

江文从包里掏出一本房产证，还有一串钥匙，交到黄珊手上说，对不起，那个家我不能陪你回去了。黄珊打开一看，房产证上写着黄珊的名字，房子的地址是江文老家一个很有名的小区。

这是怎么回事？黄珊惊愕地问道。

江文没有回答黄珊的问题，而是说，珊，感谢你这么多年不离不弃的陪伴，对你的承诺，我如今兑现了。但是对不起，那个房子，我不能陪你和女儿一起住了……

江文说完就走了。

黄珊马上抓起电话，打电话给江文的伯父。从江文的伯父那里，黄珊知道了，原来江文为了兑现当年对她的承诺，一直在悄悄积攒钱，而江文那个初恋只不过是房地产公司的销售员，江文只是托她办理买房手续而已。

　　第二天，江文回到家中，不见黄珊，只见桌子上有一本房产证和一串钥匙，还有一张写着密码的银行卡，银行卡下压着一张纸条，是黄珊写的：原谅我，不是你不能，是我不配陪你回你的家乡。

卖童年

399 张淘米卡，是在云房间里无意中翻到的。花花绿绿，面值 10 元。

今晚下班得早，回到家，我闲着无事，去云房间翻书看，书架太乱了。平时这孩子都把书架整理得很整齐，可能是因为要期中考试的缘故，她忙于学习没空整理。我这么想着，就放下书，帮她整理房间。

打扫到书架时，从装古诗词那古色古香的书盒里，抖出一盒子淘米卡。而那本古诗词被她扔到角落，大热天的，穿了一件厚厚的灰尘衣服，成了名副其实的古诗词。

数着这些花花绿绿的卡，我心里的火越烧越旺。此时云刚练完《高山流水》的古筝曲子歇下来，在客厅啃西瓜，斯斯文文，上看下看也不像是会拥有这么多淘米卡的主。但事实摆在眼前，由不得我不信。我恨得牙痒痒，要不是想到她明天要考试，我真想把这三百多张淘米卡在她脑瓜顶上来个天女散花，狠狠教训她一番。再说，她现在这个年龄打不得，骂不得，稍处理不好就有逆反情绪。我拼命压住怒火，努力挤出春光灿烂的笑脸叫她进来。

妈，啥事？需要我帮忙吗？云蹦到我面前，天真无邪。哼，小妮子，看我怎么收拾你。

我指着那堆淘米卡，笑着说，云，你还有收藏这些游戏卡的爱好啊，认识你十三年了，我怎么今天才知道你有这爱好？可以告诉我从什么时候开始的吗？

这，这，那，哎呀，妈，你进我房间干吗呀。进就进呗，你整出一副这皮笑肉不笑的面孔会吓死人的。

是吗？乖女儿，是你吓妈妈呢，还是妈妈吓你呢？我笑得风平浪静。

妈，你在水晶店累一天了，快休息去吧。这里我来打扫就行了。云一手按摩着我的肩，一手把我往外推，转移话题，这招，这些年她用在我身上都快用烂了。

想我出去，门都没有。

乖女儿，这些卡卡好漂亮，图案也奇特，我从来都没见过，我也想要收藏。商量下，看在我起早贪黑伺候你的分上，就送给妈妈吧。

哎呀，妈呀，你收藏这有什么用啊，都是废卡不值钱，比不上你收藏的玉石值钱。云推我的力道加强。我继续冲她笑出各种声音，一副不达目的不罢休的样子。

妈，你没事吧，别这样笑，会吓死人的，乖，睡觉去啊。云双手齐上，把我往她门口拉。

我看我不使出杀手锏是不行了，这个杀手锏，我在云的身上也是快用烂了，哈哈，我没事，倒是有的人有事，我很担心啊。你再不乖乖把这些卡送给我，我就告诉你爹，让他来仔细调查这些东东是哪来的？我想，你比我更相信他这方面的能力。我玩弄着手里的卡卡，很淡定地看着云，一秒之内，云缴械投降，好啦好啦，怪人一个，你喜欢拿去好了，不用弄得人尽皆知。

嘿嘿，我满意地捧起卡，她小声嘟囔，真不知道你收藏这些用过的破卡干吗，难不成还能像你收藏的玉石成倍的升值啊。

你说对了，我收藏这些卡，就是等升值了卖高价。它们在我眼里可不是破卡哦，以后你多买点儿送我吧。

妈，你没发烧吧，这用过的破卡满大街都是，扔垃圾桶，垃圾桶还嫌硌的疼，你卖谁去啊。

卖你啊。

卖我？云指着自己的鼻子，张大嘴。

是啊，卖你，而且一张卖一千元，这还要看我心情，心情不好，一万两万我都不一定卖你。

好吧，你收着吧，不过我永远不会买，哈哈。

话别说满了，十年后，我看你找不找我买，这每一张卡可都是你的童年哦，有谁不想要自己的童年？好闺女，欢迎你多多买，让我十年后大发特发，当上大富婆。

哦，上帝啊，你给我的不是妈，是个奸商啊。

好啦，别怨上帝了，你还是让上帝保佑你明天考试顺利吧。说完我捧着卡回我自己屋，云跟着跑屋子，很着急地说，妈，你等等再入库，这里面不完全是我的，很大一部分是我同学的。

没关系啊，十年后，你可以从我手里买走，高价卖给你同学啊。到时候记得让你同学额外再给我保管费。总之，你想要个什么样的童年，就送我什么让我帮你收藏吧。说完，我关上我的房门。

第二天，我在我的书桌上，发现云给我留的字条，上面写着：妈妈，我错了。那些淘米卡，你先帮我收藏着，我一定努力学习，用优异的成绩把它们一张张赎回来。

 # 站着长大

月梳是个贵州女孩，今年十二岁，在潭村的村小学念一年级，她是潭村小学新生入学里年龄最大的一个学生。

月梳刚来潭村时才十岁，那时候她底下还有三个妹妹，她父母每天都拎着一个蛇皮口袋，在潭村四处转悠，捡拾破烂。月梳就带着妹妹拿着碗，挨家挨户的要饭。

月梳的父母教育月梳姐妹仨，要饭的时候，见人就要下跪，这样就能多讨到饭，还有可能讨到钱。

月梳的两个妹妹听从父母的教诲，每天见人膝盖头就软得跟面条似的，扑通下跪，果然收获不错。月梳不愿意跪，自然没有两个妹妹讨要的多，有时候甚至空着手。父母问月梳为什么讨不到东西，月梳只是低着头，眼盯着自己的脚上露着脚指头的破鞋子，一声不吭。妹妹们异口同声地说，姐姐见人不肯下跪，所以要不来东西。

一顿打是免不了的。可是无论父母怎么打骂她，月梳都强忍着眼眶里因为疼痛涌出来的泪水，站得笔直，任由她父母打她、骂她，第二天出去讨饭，见了人照样不跪。

有一次，月梳在村口，被村里好吃懒做的地皮牛拦住。牛三掏出一百元钱，在月梳眼前晃了晃，指着月梳说，小叫花子，你给爷爷磕三个响头，这一百块钱就给你了。月梳不理他，拉着妹妹们，想从牛三身后绕过去。牛三哪里肯放过月梳，一把扯住月梳，非要逼月梳磕完头，才让她走。因为村里另外两个小混混和牛三打赌，只要牛三在不动粗的情况下，让月梳乖乖给他磕三个响头，那两个小混混就输给牛三一千块钱，

如果不能，那么牛三就输给他们一千块钱。

牛三又从包里掏出一百元，咬牙切齿地说，两百，买你三个响头，够不够？

月梳不理牛三，继续拉着妹妹要走，牛三急了，又掏出两张百元大钞，拦住了月梳的去路。

月梳的两个妹妹拽着月梳的衣角，小声地说，姐，四百元呢，磕吧，磕了就是我们的，磕了，回去爹妈就不打你了。月梳推开两个妹妹，气呼呼地说，要跪，你们跪吧，我不跪。说完端着要饭的碗跑了。

那一晚，月梳的父母听了这事，恨铁不成钢地把月梳狠狠地打了一顿，并警告她，下次行乞见人不跪就打死她。

龙潭河畔成立了一个蔬菜基地，要大批量的招种菜的工人。

月梳知道这个消息后，扔掉要饭的碗，跑到基地，苦苦哀求管理员把她收下，管理员不同意，说不招外地人，更不招童工。三两下把月梳推出去。

推着推着，月梳就扑通一声给管理员跪下了。在边上排着队报名的潭村子被月梳的举动吓傻眼了，月梳虽是一个十来岁的要饭的小女孩，但是在从她来到潭村行乞那天起，潭村人就没见过她向任何人下跪过。

管理员拿月梳没办法，索性关上门，躲在屋里。他想，一个叫花子，能跪多长时间，跪累了，自然就走了。

潭村人听说月梳跪在招工办门外，纷纷跑来看热闹。牛三也来了，牛三嘴里咬着根稻草讥讽道，你个小叫花子，爷爷我白给你票子让你跪，你不愿意跪，跑到这里来跪着卖苦力你倒愿意了。

月梳不理牛三，继续对着招工办紧闭的门跪得笔直。

月梳的父母也来了，他们已经收拾好行李，决定离开潭村，到城里去找老乡，月梳的父母听老乡说，在城里，像月梳姐妹仁这么大的孩子，只要愿意下跪，会讨到很多很多的钱。月梳的父母听得两眼冒绿光，恨不得马上带着月梳姐妹仁赶到城里去。

月梳的父母和妹妹拉月梳，月梳死活不肯起来。月梳的父亲找来棍子，雨点般地打在月梳身上，月梳不躲不闪，任由父亲打。

坐在屋里的管理员实在看不下去了，拉开门出来，阻止月梳的父亲打月梳。管理员一脸为难地看着月梳说，你这女娃啊，快跟你父母走吧，我们这里不招童工。

月梳一听，急了，一急，眼泪就出来了，她头点地，不停地给管理员磕头，边磕头边说，求你了，求你收下我吧，我什么都会干，不会干的我就学，求你了。

管理员说，你这是何苦啊。

月梳抹一把脸上的眼泪，忽闪着一双大眼睛，望着管理员，怯怯地说，因为，我想站着长大。

月梳的话，让在场的潭村人都震惊了，刚才还闹哄哄的人群，一下子安静了，片刻的安静过后，潭村人都异口同声地帮月梳求情。

后来，管理员不仅收下了月梳，还说服了月梳的父母留在蔬菜基地上班，并且还分配了两间小屋给月梳一家住。

管理员没要月梳在蔬菜基地打工，而是找了村主任，和潭村小学的校长，让月梳和她的两个妹妹进了潭村小学念书。

青梅酒

那时候，她和他虽不在同一个村子，但因为两家是世交，所以他与她从小就在一起玩耍。

她喜欢吃青梅，他经常上山采青梅给她吃，还用弹弓教她打果子，挖来河泥教她捏泥人……

到了上学的年龄，他们的父母又把他们同时送进了一所学校。因为有他强壮的小胳膊，在小学六年的时光里，几乎没有同学和小朋友敢欺负她。

上初中后，她和他不在一个班，可还是往来的。课后的操场上，放学的路上，随处可见俩人在一起说说笑笑的身影。

她和他约定好，要考上同一所高中，然后再一起考大学。为了这个目标，他们相互鼓励、相互学习，就等中考最后的冲刺了。

然而有些时候，命运并不是由他们自己说了算。

临近中考的一天，她拿着数学习题资料，在教室门外的走廊上，靠在护栏上问他怎么解题。他讲得认真，她听得认真。突然刮来一阵风，把她捏在手上的资料吹到空中，他连忙纵身跃起去抓跑在空中的资料，没想到资料没抓到，他人却飞出护栏，从三楼摔下去……

医生把他的命给弄回来了，可是却斩断了他的一只腿。

她如期坐进了中考的教室，想着还在医院里的他，想着他们要一起高中、上大学的约定，想着、想着，泪水就蒙住了她的双眼。

她后悔自己不该拿着习题去问他，自己要是不拿着习题问他，他也不会摔下楼去，他的腿也不会被锯断一只。她恨不得那个摔下楼的人是她，而不是他。

他出院了，她去他家看他。看着躺在床上没了一只腿的他，她想哭，可是最终她还是忍住了。因为他就说过，不喜欢看她的哭的样子。

她想和他说点什么，可是此时此刻她发现，她的语言里竟然找不到一句恰当的话说给他听。

他像看清了她的心事似的，笑了，说："我很好，没事的，听说你就要去上我们想上的那所学校了，祝贺你！"他的语气还是一如从前那样，让人看不出半点失落与忧伤。

"我走了，你怎么办？"闷了半天，她才说出这么一句，其实她是想说那句在她心里说了无数次的"对不起"，可是她知道就算是说再多的对不起，也换不回他的一条腿，"对不起"这三个字，现在说跟不说，都很苍白。他沉默了一会儿，说："我有个表哥是修理电器的，他让我跟他去学修理电器的手艺，等学会了，我自己开一个。"

"你不在，我真的不是太想去上学了，我想留下来帮你。"十六七岁的她已经在懂爱情了，她只想时刻看到他，与他共度人生。她是真的喜欢他，并非是为了弥补心中的愧疚。

他生气了，他愤怒地看着她，挥舞着双手：

"你要是不去上学，信不信我会揍你？我这一生没指望了，可是你一定要上，要好好的上，要代替我实现我们的大学梦。"他从来都没有如此张狂地对待过她。

她的泪终于在他的咆哮声中，轻轻地落下了，摔在地上碎了一地。

她上学去了，每到双休，她都不顾疲劳地从学校赶回来看他，在他的修理铺吃着他不知道从哪里弄来的青梅，和他讲学校里的事。路过的人，都能听到他们爽朗的笑声。

这样相处的时间长了，村里的一些闲言碎语、各种谣言，风一样的传遍了他们各自的村子，还传到了她就读的学校。她的同学们取笑他和一个瘸子在恋爱，常常在她的背后指指点点。而这时，她又快高考了，家里人为了不影响她的学习，禁止她和他来往。

她想，不见也好，等高考完了，不论考上还是没考上，她都要告诉他，她喜欢他，从小就喜欢，不论是现在还是将来她都喜欢他，让他等着她，她要做他的新娘。

日子一天天的过去了，她终于等来那张大学通知书了。她拿着通知书去找母亲，她想，如果母亲不让他去她，她就威胁母不去上大学。没想到，她话还没说出来，母亲就说："你想找他就找他去吧。"

去他家的路上，她像一只快乐的小鸟，哼着轻快的歌，一路小跑着到他的修理店。

然而修理店却上了锁了，问他的邻居，他的邻居说出来的话，把她瞬间抛进冰窖里，他邻居告诉她说今天是他结婚的日子。

她飞快地往他的村子、他的家跑去。她不相信，他会与别人结婚。一直以来，虽然没说出来，但她能感觉他对她的爱。

她刚出现在他家门口，就看见一身红装的新娘。在新郎转身的那一刻，那张熟悉的脸庞，让她惊讶地张开嘴巴，喉咙里却发不出任何声音。

新娘的红装，把她的眼睛刺得生疼，她听见自己周身血管爆裂的声音。最后，她是怎么离开的，她都不知道。

看着她离去的背影，他的心在这个在别人看来喜庆的日子里滴血。他从小就喜欢他，他一直就着他们一起长大，然后娶她做新娘，可是，现在他不能，他是一个瘸子。

于是，他毫不犹豫地同意了她母亲为他提的亲事。

她躺在家里，身心俱空。她不想上大学去，没有他，她觉得上大学已经没有意义了。

他来了，给她带来一瓶用青梅泡的酒。青梅是她最爱吃的，小时候，他经常上山采青梅给她吃。

他说："这是我媳妇用青梅酿的青梅酒，你带到学校去尝尝吧。"

他说："你以前在他修理铺吃的青梅，是她采的。"

他说："我媳妇说，青梅太酸，让你以后别吃青梅了，就喝青梅酒吧。"他说着，从瓶子里倒了一杯青梅酒，递到她手里，她喝了一口，酸酸的，回味却是甜的。

第二天，她拎起母亲为她准备的行李，带上那瓶青梅酒，头也不回地踏上了去上大学的路。

青梅酸酸

她是山寨里的姑娘。

每年的梅雨时节，她都会采些杨梅，背下山寨，到龙潭河畔的集市上卖。

他在集市上开了一间修理铺，每场集，只要她来，他准第一个拿着一只小瓷碗，来她摊前买杨梅。

山里人家，日子过得紧巴，家里一年的油盐就靠她卖杨梅换。因此她对他充满感激之情，她感激他还有另外一个原因，那就是他买杨梅和别人不同，别人买杨梅，都是挑个大的、红透的，而他专挑那些谁都不愿意买的青梅。

记得第一次，他来买杨梅，她看他只捡青梅，以为他不知道什么杨梅好吃。于是，主动给她挑了几个个大的、红透的杨梅扔进他碗里，并告诉他成熟的杨梅才甜、才好吃。他抬起头，望着她笑了笑，一句话不说，又继续低下头挑拣青梅，还把她扔进碗里的红梅又重新挑出来，放进杨梅筐里。

后来，他再来买杨梅，她便随他去。她想，青菜萝卜各有所爱，他兴许就爱吃青梅呢。但是，很快她发现，他买的青梅他从来不吃，而是一碗一碗地摆在他的修理铺里。

那天，她的杨梅卖掉的早，集市还没散场，她背着背篓想逛一圈集市再回山寨，路过他的修理铺时，她下意识地往里张望了一眼，这一看，便看见他买的青梅一碗碗、整整齐齐地摆在他的修理铺里。

她纳闷，为什么他买了青梅不吃？她想起，集市上卖杨梅的人很多，

我在春天等你

而她的杨梅总是比别人卖得快，因为她的杨梅里没有青梅掺杂，青梅都被他挑走了。她还想起，每次他来买青梅，都会对她露出一个柔和的微笑……难道、难道他喜欢她？她为她的这个猜测羞红了脸。

旁边和她一起摆摊卖苹果的老妇仿佛看穿了她的心思，指着他离去的背影说，你喜欢他？

她低下头，老妇直接的问话把她羞得满脸通红。

老妇说，他不喜欢你。

她猛抬起头，一脸茫然地看着老妇，他、他买我的杨梅，只挑青梅。

老妇说，他以为他买你的青梅是帮你呀，错了，那是因为他喜欢的人喜欢吃青梅。

然后，老妇便告诉她关于他的一切。

老妇说，他以前有一双矫健的双腿，还有个青梅竹马一起长大的女同学，他们相约要一起考上同一所大学。一个意外，他的腿断了，失去了上学的机会，便开了这个修理铺，现在只有那个女同学一个人在念书，并且马上要考大学了。他的女同学也喜欢他，一门心思想着念完大学后，嫁给他。他的青梅，就是买给他的女同学吃的。

她听了仿佛吃了一颗青梅，心里酸酸的。

后来，她来卖杨梅，还不等他挂着拐杖来，拖着一条断腿，"笃笃笃"地来到她的摊前，她就把早已挑好的青梅递给他，然后黯然地看着离去的背影。

突然有一天，老妇找到她住的山寨，说要给她说一门亲事。她的父母一听是嫁下山寨去，高兴得嘴都合不拢，再一听是嫁给一个瘸子，脸上的笑容就僵住了。

是他叫你来提亲的吗？她问老妇。

老妇说，不是，但是他同意娶你。

为什么？她问。

因为他不想拖累他的女同学，还因为我就是他女同学的妈，他们两个已经不是一条道上的人了，将来真在一起，会互相毁了的。姑娘，你是个好姑娘，大妈知道你也喜欢他，你就嫁给他吧，成全了他，也断了

167

我女儿的念头。老妇说着说着就哀求起她来。

可是，他不喜欢我。她皱起眉头。

他会喜欢你的，那孩子重情义，只要你心诚，总有一天他会喜欢你的。老妇说。

可是……她还想说什么，可是她什么也说不出来，她拒绝不了，因为她真的喜欢他，如果嫁给他，能帮他，那么她愿意。

第二天，他的聘礼就送上山寨来了。婚事操办得很急也很快，十天后，她便穿上红嫁衣，嫁进他家。

婚礼那天，她看见他的女同学来找他。那个女孩站在他们面前，脸色苍白得让人心疼。而他，看着那个女孩离去的背影，一脸的绝望。那晚，他用酒精把自己麻痹了。

自从结婚后，她再也没看见他像早先来给她买青梅时的笑脸。

他的女同学要上大学的日子临近了，可是从他女同学家传来的消息却让人揪心，传消息的人说，她天天不是躺着，就是坐着发呆，再这样下去，不会死掉也会疯了傻了。他听着这些让人揪心的消息，在修理铺里坐立不安。

她抱来一瓶从山寨里带来的酒，让他给她送去，他怔怔地望着她，她说，去吧，这酒是用青梅泡的，让她喝了，可解百毒，可治百病。

她说，青梅太酸，让她以后别吃了，就喝青梅酒吧。

他赶紧抱起青梅酒，拄着拐杖"笃笃笃"朝着他女同学家的方向去了。

她倚在门框上，看着他消失的背影，拈起一颗又一颗的青梅，放进嘴里……

性格决定命运

今年感恩节，一辆红色轿车在文老师的家门口停下，从车上走下一个气质非凡的女人，女人手里拎着礼品，优雅地走到文老师的门口，轻轻地敲响了文老师的家门。

你是……文老师打开门，看着女人，一脸迷茫，怎么也想不起她是谁，还以为是走错门的。

文老师，我是夏冰啊。女人把眼镜摘下，激动地握着文老师的手。

夏冰？你真的是夏冰？文老师激动地上下仔细打量起女人，脑子里飞快地搜索出夏冰中学时的模样，直到脑子里的夏冰和眼前的女人眉眼有点儿对上号后，文老师的眼眶湿润了，她连忙把夏冰请进屋。

文老师没记错，夏冰自从中学毕业后，每个感恩节都会给她寄来一份礼物，二十年来，一直没间断过。但是今年她怎么没想到，夏冰会亲自来看望她。夏冰说，我听同学说，您病了，特意赶回来看望您。

没啥大碍，老毛病了，吃吃药就好了，还害得你大老远的赶回来看我……文老师紧紧地握着夏冰的手，心里满是内疚与自责。

夏冰的出现，让文老师想起了芝茹，芝茹当年和夏冰在一个班级，是文老师那时候最得意的学生。

想起芝茹，文老师带着夏冰在个温暖的午后，又陷入到往事的回忆中。文老师抹着眼角的泪痕对夏冰说，你看芝茹她现在……唉，夏冰，老师当年对不起你啊。

老师您别这么说，当年那么做是对的，没有您就没有我的现在。夏冰连忙摇头摆手。

二十年前，夏冰和芝茹在同一个班级，班主任是文老师。

夏冰和芝茹会同时引起文老师的注意是因为，每次大小考试，夏冰和芝茹都是班级第一，这个第一不是并列第一，而是正数第一和倒数第一，夏冰倒数第一，芝茹正数第一，从未改变过，从未颠倒过。

当老师的都喜欢学习好的学生，文老师也不例外，芝茹学习好人也长得漂亮，每次不光考试是班级第一，琴棋书画样样精通，还为班级挣回过不少荣誉，这样的学生哪个老师能不喜欢？但是夏冰，文老师怎么也喜欢不起来，每次考试后，文老师公开或是私下都会对她进行一番批评，可是不管文老师批评她的话多重，她下一次考试还是拿倒数第一，还笑嘻嘻地在班里说，有人拿正数第一，就要有人拿倒数第一，为了你们的快乐，我就永远倒数第一吧。

优秀生与差生的待遇在老师那里有差别，在学生群里也有差别。芝茹深受文老师和各科老师喜欢，却不怎么受同学们喜欢，在班里和全班同学的关系处得很僵，反倒是不受老师们待见的夏冰，和同学们的关系倒是处得水乳交融。

经常有学生跟文老师打小报告，这个说芝茹仗着老师的喜欢，不扫教室不扫宿舍；那个说芝茹太骄傲，不肯帮助向她问问题的同学……对于这些小报告，文老师睁只眼闭只眼，芝茹学习好，学习好的优秀生就是有骄傲的资本。

中学毕业，中考成绩下来，芝茹又考了第一名考上了重点高中；夏冰又是倒数第一名，连一所最普通的高中都没考上。

夏冰的爸爸领着夏冰来找校长，想让夏冰再复读一年，当时文老师也在，夏冰的学习实在是太差了，如果夏冰再重新读一年，根据学校安排又会分在文老师班里。

这一届中考，文老师虽然有芝茹这个王牌学生，为她挣了面子，但是又因夏冰这个差生拉后腿，年级总成绩评分下，文老师所带的班是倒数第一，年终奖金没了，教师职称也没评上。文老师正气不打一出，怎么可能再要打算复读的夏冰，一气之下，她指着夏冰对夏冰的爸爸说，我理解你们当家长的心情，都望子成龙，盼女成凤，但是这都是需要先天资质的，你们家的夏冰，她不具备这些资质，我劝你还是别费力，我敢断言就她的学习基础，就是重新从初一读起，也未必能考上高中，您还不如领着她回家，另做打算。

文老师的话像一记重锤，锤在夏冰的心头，三年来，文老师怎么批评她，她都没流过泪，这一次她忍不住在文老师面前低下头，强忍着眼眶里的泪水没掉下来。

夏冰爸何时受过这种屈辱，当即带着夏冰头也不回地走了。

这一走，文老师就再也没见过夏冰，只是每年都会收到夏冰的礼物。

那年你和你爸走了后，你上哪了？文老师从往事的回忆中走了出来，慈祥地看着夏冰。

我出去打工了，在外面打工的日子里，时刻想念着您的话，利用空闲时间我上了夜校，学了经济管理。夏冰说。

老师当年那么说你，你恨老师吗？

当时是恨的，那时候拼足了劲上夜校，想有朝一日向你证明我是读书的料。后来，取得学位越来越高，我就释然了，如果当年没有老师您那番狠话，就没有我夏冰的今天。如今的夏冰是南方某知名企业的法人代表，资产过十几个亿，夏冰不仅把事业经营得风生水起，还把家庭也经营得幸福美满。

而当年深受文老师喜爱的芝茹，大学毕业后，走向社会后，因为性格太孤傲，和同事之间关系处不好，工作换了好几个，至今工作也没稳定，家庭里跟婆媳、丈夫关系处不好，两年前和丈夫离婚后，不肯面对一团糟的生活，得了抑郁症，现在还在精神病医院。

夏冰走后，文老师拿着当年夏冰和芝茹合影的毕业照，无限感慨地说，看来一个人的性格培养，远比学习重要。文老师的脑海里，又现出当年夏冰默默地为同学擦桌子、打水、扫地、帮助生病的同学的画面……

泊　岸

祥龙是潭村唯一的大学生，他每学期放假回村，都会把在外面的所见所闻讲给村里人听。

自从祥龙上大学后，村里每一年最热闹的日子，就是祥龙回村的日子。祥龙回村的日子里，男人们白天都早早地结束田间地头的活计，女人们也忙着做完家务，抱着板凳到村长家门前的梧桐树下，坐成一排排或是站成一堆堆，听祥龙讲外面的故事。

从祥龙嘴里，村里人知道火车是什么；知道有一种又宽又阔看不见尽头的河，叫海；知道船长什么样子……

祥龙讲得最多的是他上学的那座城，那座叫苏州的城。祥龙从"姑苏城外寒山寺，夜半钟声到客船"讲到上"有天堂，下有苏杭"。听得村里人云里雾里，又深深陶醉在其中，尤其是祥龙讲到苏州城里美女很多，个个似画中仙时，村里的后生吼叫起来，有多美有多美，能美得过文倩吗？

说到文倩，有姑娘小媳妇你推我搡地把文倩推到祥龙跟前，也跟着闹起来，祥龙，你说啊，苏州的美女，能有咱们的文倩美吗？

文倩虽是潭村的孤女，但也是潭村公认的第一美人，文倩的美，怎么说呢？是那种说不好的美，用莲花比之，又显太苍白；用牡丹比之，又嫌太闹热；用茉莉比之，又少了些韵味……文倩的这种美，就是这样，让人忍不住要用一切美好的事物来比喻，又比喻不出的美。在龙潭村，文倩走到哪儿，都是一道惹火的风景线。她只要浅浅一笑，或是轻轻一回眸，能让整个潭村醉了。

月色如水，温润地照在文倩的脸庞上。文倩忽闪着大眼睛，不言不语，直视着祥龙。刚还口若悬河的祥龙，触电般地僵直了身子。

这时候冰南看着文倩，恨不得伸出手掌蒙住文倩的双眼，把祥龙蒙在文倩的眼光外。

冰南和祥龙同年生，命运却不同。祥龙是村长的儿子，是村里唯一的大学生，也是村里最俊的后生。冰南是孤儿，从小吃百家饭长大，在村里是最老实，也是最丑的后生。

那晚，围着祥龙的潭村人都散去后。文倩和祥龙钻进桃园，初春的桃花，正开放，淡淡地散发着花香。祥龙跟文倩说周庄，讲周庄的历史，文倩听得水里雾里，但还是情不自禁醉在祥龙的描述里，也情不自禁地在祥龙怀里像梨花一样。

祥龙说，倩，你就是那迷人的乌篷船，带着我驶进那梦里水乡。

祥龙说，倩，你就是那落入凡尘，躲在油纸伞下的仙子。

祥龙说，倩，等我，等我毕业了，一定带你去水乡、去海边划船……说着给文倩叠了一只小船，放在文倩手里。

文倩在祥龙的甜言蜜语里翻船了，冰南躲在桃园外，背靠在白杨树上，抬着眼，望着月亮，数着星星，听着虫叫，闻着混合着泥土味的桃花香，流下两行冰冷的泪水……他到底没有能力伸出手掌，蒙住文倩的眼睛，把祥龙蒙在文倩的目光外。

两个月后的一天，文倩到龙潭河畔挑水。冰南坐在河畔的青石板上，一个人，吹河风。文倩四周看看，没别人，往冰南身边靠近。

文倩小声地说，冰南，你会叠船吗？

冰南说会，文倩就递过一块粉色的小手帕给冰南，冰南知道文倩想祥龙了。

冰南从文倩手里抽过手绢，放在石板上，翻翻叠叠，叠叠翻翻，不大会儿，真的折出一只船，一只粉粉的船，静静地躺在河畔的石板上，冰南扯了两根稻草，掐短，放在小船两边做船桨。

文倩看着粉粉的小船，一动不动。半晌，她拿起稻草做的船桨，抬起头来，喃喃地说，冰南，我要嫁给你，你敢娶我不？文倩此话一出，冰南差点儿从龙潭河畔上的青石板上滚到河里。

在潭村，谁都知道文倩的眼里只有祥龙，可现在文倩亲口说要嫁给冰南。冰南懵了。要知道，他冰南在龙潭村，可是又矮又丑，一穷二白，母猪见了都要绕道走的孤儿啊。

清晨的龙潭河里，水雾霭霭，文倩的话让冰南的魂魄瞬时浮在那层水雾上，下不来。冰南还没回过神来，文倩又说，冰南，我嫁给你，你娶了我，好不好？

文倩的声音不大，带着哭音，沉沉地砸在冰南耳朵里，好比一块大石头扔进冰南的心海里，在冰南沉睡了二十多年的心海里，击起无数水花。冰南偷偷地往龙潭河里探了探身子，水中的自己还是原来那副母猪都不待见的丑模样啊。再悄悄捏自己屁股一下，疼，真是疼，屁股下的石板也是凉的，不是做梦啊。

再看，文倩粉白的脸上，那双忽闪的大眼睛，像一潭深水，直勾勾地盯着冰南。刹那，冰南掉进文倩眼眸里的深水潭里，尽管在这潭水里，冰南看不见一丝柔情。可，他还是醉了。

第二天，文倩就嫁给冰南。没有证婚人，没有嫁衣，没有宾客，只有一对燃烧的红烛。

司仪是冰南，新郎是冰南。

冰南和文倩对跪在红烛前，冰南喊，一拜天地，两个人的身子弯下，头顶头，再抬起头，文倩的眼里噙着泪花；冰南喊，二拜高堂，两个人的身子同时弯向红烛，再抬起头，柜台上红烛泪斑驳；冰南喊，夫妻对拜，再抬起头，文倩泪流成河。

这一夜，冰南坐在龙潭河畔的青石板上吹了一夜口琴。

冰南和文倩成婚后不到七个月，文倩生下一个儿子。

孩子百岁酒那天，潭村人看着一脸喜洋洋的冰南，再看看文倩怀里的孩子，想起了据说再也不回潭村的祥龙。

不要说谢

自从小区大门外先后开了两家小超市后，这里就逐渐形成一个小集市。每当上下班高峰期，小区门外就异常热闹，有卖早点小吃的，有卖菜的，卖水果的，卖豆腐的，卖袜子的，还有散发各种传单的……

每天上下班高峰期是小区门口交通最堵塞的时候，叫卖声、讨价声、汽车鸣笛声混着学生娃娃们的嬉闹声，形成一股巨大的嘈杂声浪，一股一股地涌进人们的耳内，令人烦躁不安。

他也在这些声浪里。他抱着很大一摞花花绿绿的广告单，面无表情地向进来出去的居民们派发。对于他伸出的手，有些人无视他的存在，他递出去的广告单只好在空中打个转折，继续递向下一位路人；有些人接过，轻描淡写地瞟一眼，然后又塞还给他；有些人接过，反手就扔进一旁的垃圾桶里，这个动作很潇洒，也很讽刺。

我和很多人一样，从一开始就没有关注过他。在小区门外，像他这样的，多他一个不多，少他一个不少，他就如落在灰尘里的尘埃。

那天，我接女儿放学回家，刚到小区门口，女儿说要到超市买作业本。

从超市出来，刚走到车边，一张印着某家具市场促销的广告单就递到我鼻子下。这是我第一次和他接触，我伸出双手接过，习惯性地微微一笑，轻轻地说了声谢谢，就带着女儿开着车走了。我并没有看这张广告单，因为还没到家女儿就把这广告单叠成飞机，放飞给蓝天了。

之后，很多次，只要我在小区门口停留下来，他都会给我递上一张传单。我还是一如既往地，欠身微笑，双手接过，再道声谢谢。女儿会

175

叠很多式样的纸飞机与纸鸟儿，这些花纸片到我手里后，最后都在女儿的小手下变了样，不知飘向何处。

我记不清，他在我们小区门外散发广告单有多少日子，我的双手接过他多少张广告单，跟他说了多少声谢谢。因为这些于我来说，就如他发的广告单一样，我并不在意。

突然有一天，也是我接女儿放学回来，车子刚驶到小区门口，就被他拦下了。他第一次拦我的车，看得出他有些慌乱。我按下车窗，伸出半个头，用探询的目光看着他。这是我第一次正视他，这是一张步入中年的脸，被太阳晒黑的皮肤泛着暗哑的光泽，额上深深的抬头纹，很沧桑。

他看着我讪笑道，我等您很久了。

哦？等我？有事吗？我疑惑地反问他，脑子里也天马行空地乱想起来，这个发广告单的人等我干什么呢？

虽然心里很疑惑，但是出于礼貌，我还是找地方把车停好。我走下车时，他已经推着电动车跟上来了。

他转过身，从斜挎的包里掏出一张广告纸，平平展展地，双手递呈给我。

大哥，您这是……我看着他手里的广告单，没有马上接过来。他的行为让我很不解，难道他拦住我，就是为了给我发一张广告单吗？

他笑了，露出了很白的牙齿，似乎有点尴尬地说，明天我要到新单位报道了，今天是我最后一天发广告单。我等您，就是为了最后再给您发一次广告单。

为什么？他的话更加重了我的疑惑。

因为我发广告单这些日子以来，您是唯一一个没有把我的广告单扔掉，并天天对我说谢谢的人。我曾经是一名赌徒，为了赌，我偷过抢过，最后把整个家都输光了，直到老婆孩子都离我而去了，我才清醒过来，想要戒掉赌瘾，认真找一份工作，重新做人，把老婆孩子早日找回来。可是因为名声臭了，没有哪家用人单位肯要我，连去车站做搬运工，老板都不要，人家怕我把东西偷了变卖了做赌资。迫于无奈，才加入到发广告单这个队伍里。我每天抱着一摞广告单麻木地向人们派发着，在人们不屑的眼神里，越来越觉得自己是一个没用的废人。直到遇见您，每一次您从我手中接过广告单，就对我说声谢谢。因为您的尊重，让我鼓起勇气利用业余时间，去厨师培训班报名，现在我已经拿到厨师证，并且在酒楼找到一份工资不低的工作。谢谢您。他说完，向我深深地鞠了一躬，然后还不等我说一句话，便和我告辞走了。

女儿一把抢过我手中的广告单，三两下又叠出一架飞机，放飞蓝天了。看着蓝蓝的天，我在想，如果我一开始就了解他的故事，还会跟他说"谢谢"吗？我是不是也会像周围人那样，对他产生异样的眼光？

这一切都只因我是一个外地人。

一只玉镯

婆婆生日快到了，子珊到珠宝店给婆婆买了只翡翠玉镯，6800 元，平日里子珊自己都舍不得花这么多钱为自己买一件首饰，这次却这么大手笔地给婆婆买这么贵的玉镯，全是因为她大姑姐。

去年婆婆生日，大姑姐送了婆婆一只几百元的玛瑙镯子，婆婆戴上后，经常在小区里伸出胳膊，跟小区里的人显摆，说这是我闺女给我买的镯子。小区里的人都夸婆婆有个好女儿，不像你那个儿媳妇只会来你这里蹭吃蹭喝，所以今年婆婆生日，子珊决定也送婆婆一只翡翠玉镯，把大姑姐手上的玛瑙镯给替换下来，堵住小区里那些说三道四的嘴巴。

婆婆生日这天，子珊当着众亲戚的面，把翡翠玉镯拿出来，亲自帮婆婆戴在手腕上，玉镯上的价签还没撕掉。眼尖的亲戚一眼就看到玉镯上的价格，马上咋呼起来。果然如子珊所想，众亲戚们在议论了玉镯的价格后，个个向子珊的婆婆投来羡慕的眼光，说子珊的婆婆有子珊这个儿媳妇，福气真好。继而又夸子珊孝顺、贤良，是打着灯笼都难找的好女人……子珊听着这些赞美的话，心里那个美啊，仿佛过生日的是她。

送走亲戚后，子珊拉着婆婆的手，抚摸着婆婆手腕上的玉镯说，妈，你别看这只玉镯现在只值 6800 元，再过个三两年，会更值钱的，你可千万别磕碰了。

子珊婆婆一听这只玉镯这么值钱，吓得不敢戴，让子珊给她摘下来，子珊，你快给妈摘下来吧，这么好的玉镯给我这个老太婆戴糟践了。

子珊哪里肯让婆婆摘下来，妈，你就戴着吧，人养玉，玉养人，摘下来放着是养不出好玉来的。

子珊走后，子珊婆婆还是把玉镯摘下来，收好了，继续戴着原来那只玛瑙镯子。

周末，子珊和丈夫还着儿子来看婆婆，一看婆婆手腕上又戴着大姑姐送的玛瑙镯子，不高兴地婆婆，我送你的玉镯呢？婆婆笑着一边端菜，一边说，我收起来了。

子珊说，你为什么不戴呢？

婆婆举起胳膊来嘿嘿笑着说，我戴你大姐这只就行了。

吃完饭，回到自己家中，子珊一脸的不悦，和丈夫发起牢骚，你妈这是什么意思？这不明摆着告诉我，我在她心目中永远没有她闺女重要么？这不明摆着让小区里的人说我是不孝么？

丈夫说，你想多了，老人家哪有这么多想法啊。

子珊说，那你妈为什么不戴我买的玉镯？

这……丈夫一语塞，找不到话回答子珊。

子珊越想越生气，这么贵的镯子，她都舍不得买来戴，而买了送给婆婆，婆婆还不领情。

下一个周末，婆婆做好饭，叫子珊一家去吃饭。子珊便推托头疼，不去了。

第二个周末，子珊又推说肚子疼，不管丈夫和儿子怎么叫，她都不去。

第三个周末，子珊又推说有同学聚会，也不去。

一连三个周末，婆婆都没见到子珊，问子珊丈夫，是不是两口子吵架了，子珊的丈夫只好如实告诉老妈子珊不来的原因。

婆婆听了后，让子珊丈夫告诉子珊，玉镯她戴着便是了。说着便把手腕上的玛瑙镯子取下来，戴上子珊送她的玉镯。

婆婆戴上子珊送的玉镯，每天在小区里散步，都伸着胳膊，见人就跟人家说，这玉镯是我家子珊买的。不出几天，整个小区的人都知道子珊给她婆婆买了一只6800元的玉镯。

自从婆婆戴上子珊买的玉镯后，每个周末，婆婆做好饭，子珊都和丈夫儿子一块来吃。

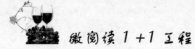

每次来婆婆家，走在小区里，小区里的人见到子珊就说，子珊，你对你婆婆可真好啊，这么贵的镯子都舍得给她买。这话子珊爱听，听多少遍子珊都不厌烦，听着这些话，子珊心里像喝了蜜一样甜。

这个周末，子珊给婆婆打电话，说要带几个同事来家吃饭，顺便看看婆婆手腕上戴的玉镯，婆婆一听子珊要带同事来吃饭，赶紧和面团，包饺子。

婆婆的面团还没和好，子珊领着同事来了，婆婆举着一双面手，看到家里一下子来这么多客人，一着急，手腕上的玉镯一不小心，重重地磕在盆子上，磕碎了。

子珊和她的同事们听到响声，赶紧跑到厨房里，子珊看着面盆里磕碎的玉镯，失声惊叫起来，我的玉镯啊，6800元就这么完了。

子珊婆婆一听子珊这么说，吓得捂住着胸口，脸色苍白的倒下了。

子珊的同事们帮着子珊把婆婆送到医院，是急性心脏病，还好抢救及时，没有生命危险。

婆婆醒过来看着子珊，无比对内疚地说，子珊，对不起，都怪妈不好把你的玉镯磕碎了。

子珊的丈夫对子珊说，你知道妈为什么不戴你买的玉镯吗？你给她老人家买玉镯，她打心眼儿里高兴，她不戴是怕这么贵的玉镯摔碎了、或是磕碎了，糟蹋了你的一番心意，所以才当宝贝似的收着……

丈夫的一番话说得子珊无地自容，婆婆出院后，子珊把一直独居的婆婆接到家里，重新买了一只玉镯，戴在婆婆手腕上，然后对婆婆说，妈现在你又戴着这么贵重的玉镯，做饭洗衣的活就不许再干啦，一切有我呢。

傻女核桃

在滇东人家的饭桌上，一年四季可以没有肉碗，但绝不能没有酱碗。

做酱的材料是精挑细选的黄豆、红辣椒、花椒、八角、桂皮、陈皮、料酒、食盐等三十几种料磨成粉末，用深井水调配，放进瓦坛精心腌制而成，一坛好的酱能摆上三五年都不变味，什么时候开坛，用勺舀出都是鲜红鲜红地散发着酱香味，

入口香辣，引人食欲。遇上青黄不接的季节，遇上天道不好，庄稼收成不好，这酱就派上大用场了，摘根黄瓜、烧几个土豆，就着这酱，就能吃个肚饱。

在滇东人心中，家中一坛酱，抵皇帝一块宝。因此，滇东女子都必须会做酱，要是不会做酱，那是很难找到婆家的。

女子成人后找婆家，婆家择媳的标准除了看女子的女红技艺，也要考验女子做酱的水平。做不出好酱，就算女红技艺再优秀，也不算好女子。滇东女子从小就随家母学做酱，努力做出好酱，为自己将来找好婆家打下奠基石。

核桃虽然不会针刺女红，却做得一手好酱，核桃做出的酱，在娘家时就闻名四方，别人只会做一种最传统的辣椒酱，而核桃不仅会做辣椒酱，还创新出豆腐酱、酸菜头酱、豆豉酱、老姜酱、蒜头酱……只要有辣椒，有瓦坛，核桃就能变出很多好吃的酱来，核桃把所有的聪明都用在做酱上了。别人做的酱顶多摆三年就坏了，核桃做的酱，摆上多少年都不坏，随时开坛取出，都是红彤彤的仿若龙潭山上的映山红，香飘诱人。

建筑面积，盖了一幢高大的楼房。

　　潭村人每回经过王小波和核桃的家门口，看着王小波和核桃坐在当院里，唱着小曲，喝着小茶，身边围着一双可人的儿女，心里都感慨万千：看来会做辣酱的女子是真的旺夫旺家啊。